小学语文同步阅读

桂花雨

琦君散文精选

琦君◎著

长江出版传媒　长江文艺出版社

目 录

闲趣

亲　情

那几天，小叔就摇头晃脑地边哼边写。我呢？像个傻傻的书童，跟在他旁边恭恭敬敬地帮他铺对联、磨墨。

母亲的金手表

母亲那个时代，没有"自动表"、"电子表"这种新式手表，就连一只上发条的手表，对于一个乡村妇女来说，都是非常稀有的宝物。尤其母亲是那么俭省的人，好容易父亲从杭州带回一只金手表给她，她真不知怎么个宝爱它才好。

那只圆圆的金手表，以今天的眼光看起来是非常笨拙的，可是那个时候，它是我们全村庄最漂亮的手表。左邻右舍、亲戚朋友到我家来，听说父亲给母亲带回一只金手表，都会要看一下开开眼界。母亲就会把一只油腻的手用稻草灰泡出来的碱水洗得干干净净之后，才上楼去从枕头下郑重其事地捧出那只长长的丝绒盒子，轻轻地放在桌面上，打开来给大家看。然后眯起（近视眼）来看半天，笑嘻嘻地说："也不晓得现在是几点钟了。"我就说："您不上发条，早都停了。"母亲说："停了就停了，我哪有时间看手表。看看太阳晒到哪里，听听鸡叫就晓得时辰了。"我真想说："妈妈不戴就给我戴。"但我也不敢说，因为知道母亲绝对舍不得的。只有趁母亲在厨房里忙碌的时候，才偷偷地去取出来戴一下，在镜子里左照右照一阵又脱下来，小心放好。我也并不管它的长短针指在哪一时哪一刻。跟母亲一样，金手表对我们来说，不是报时，而是全家紧紧扣在一起的一种保证，一份象征。我虽幼小，却完全懂得母亲宝爱金手表的心意。

后来我长大了，要去上海读书。临行前夕，母亲泪眼婆娑地要把这只金手表给我戴上，说读书赶上课要有一只好的手表。我坚持不肯戴，我说："上海有的是既漂亮又便宜的手表，我可以省吃俭用买一只。这只手表是父亲留给您的最宝贵的纪念品啊。"那时父亲已经去世一年了。

我也是流着眼泪婉谢母亲这份好意的。到上海后不久，就由同学介绍熟悉的表店，买了一只价廉物美的不锈钢手表。每回深夜伏在小桌上写信给母亲时，就会看着手表写下时刻。我写道："妈妈，现在是深夜一时，您睡得好吗？枕头底下的金手表，您要时常上发条，不然的话，停止摆动太久，它会生锈的哟。"母亲的来信总是叔叔代写，从不提手表的事。我知道她只是把它默默地藏在心中，不愿意对任何人说的。

大学四年中，我知道母亲身体不太好。她竟然得了不治之症，我一点都不知道，她生怕我读书分心，叫叔叔瞒着我。我大学毕业留校工作，就用第一个月的薪水买了一只手表，要送给母亲，也是金色的。不过比父亲送的那只江西老表要新式多了。

那时正值对日抗战，海上封锁，水路不通，我于天寒地冻的严冬，千辛万苦从旱路赶了半个多月才回到家中，只为拜见母亲，把礼物献上。没想到她老人家早已在两个月前，默默地逝世了。

这份锥心的忏悔，实在是百身莫赎。孔子说："父母在，不远游。"我是不该在兵荒马乱中，离开衰病的母亲远去上海念书的。她挂念我，却不愿我知道她的病情。慈母之爱，昊天罔极。几十年来，我只能努力好好做人，但又何能报答亲恩于万一呢？

我含泪整理母亲遗物，发现那只她最宝爱的金手表，无恙地躺在丝绒盒中，放在床边抽屉里。指针停在一个时刻上，但绝不是母亲逝世的时间，因为她平时就不记得给手表上发条，何况在沉重的病中。

手表早就停摆了，母亲也弃我而去了。有很长一段时间，我不忍心去开发条，拨动指针，因为那毕竟是母亲在时，它为她走过的一段旅程、记下的时刻啊。

没有了母亲以后的那一段日子，我恍恍惚惚地，只让宝贵光阴悠悠逝去。在每天二十四小时中，竟不曾好好把握一分一刻。有一天，我忽然省悟，徒悲无益，这绝不是母亲隐瞒自己病情、让我专心完成学业的深意，我必须振作起来，稳定步子向前走。

于是我抹去眼泪，取出金手表，开紧起发条，拨准指针，把它放在耳边，仔细听它柔和有韵律的滴答之音。仿佛慈母在对我频频叮咛，心也渐渐平静下来。

我把从上海为母亲买回的表和它放在一起，两只表都很准确。不过都不是自动表，每天都得上发条，有时忘记上它们，就会停摆。

时隔四十多年，随着时局的紊乱和人事的变迁，两只手表都历尽沧桑，终于都不幸地离开了我的身边，不知去向了。

现在我手上戴的是一只普普通通的不锈钢自动表，式样简单，报时还算准确。但愿它伴我平平安安地走完以后的一段旅程吧！

去年我的生日，外子却为我买来一只精致的金表，是电子表。他开玩笑说我性子急，脉搏跳得快，表戴在手上一定也愈走愈快。而且我记性又不好，一般的自动表，脱下后忘了戴回去，过一阵子就停了，再戴时又得校正时间。才特地给我买这个电子表，几年里都不必照顾它，也不会停摆，让我省事点。他的美意，我真是感谢。

自动表也好，电子表也好，我时常怀念的还是那只失落了的母亲的金手表。

有时想想，时光如真能随着不上发条就停摆的金手表停留住，该有多么好呢？

髻

　　母亲年轻的时候，一把青丝梳一条又粗又长的辫子，白天盘成了一个螺丝似的尖髻儿，高高地翘起在后脑，晚上就放下来挂在背后。我睡觉时挨着母亲的肩膀，手指头绕着她的长发梢玩儿，双妹牌生发油的香气混合着油垢味直熏我的鼻子，有点儿难闻，却有一份母亲陪伴着我的安全感，我就呼呼地睡着了。

　　每年的七月初七，母亲才痛痛快快地洗一次头。乡下人的规矩，平常日子可不能洗头。如洗了头，脏水流到阴间，阎王要把它储存起来，等你死了后去喝。只有七月初七洗的头，脏水才流向东海去。所以一到七月七，家家户户的女人都要有一大半天披头散发。有的女人披着头发美得跟葡萄仙子一样，有的却像丑八怪。比如我的五叔婆吧，她既矮小又干瘪，头发掉了一大半，却用墨炭画出一个四四方方的额角，又把树皮似的头顶全抹黑了。洗过头以后，墨炭全没有了，亮着半个光秃秃的头顶，只剩后脑勺一小撮头发，飘在背上，在厨房里摇来晃去帮我母亲做饭，我连看都不敢冲她看一眼。可是母亲乌油油的柔发却像一匹缎子似的垂在肩头，微风吹来，一绺绺的短发不时拂着她白嫩的面颊。她眯起眼睛，用手背拢一下，一会儿又飘过来了。她是近视眼，眯缝眼儿的时候格外的俏丽。我心里在想，如果爸爸在家，看见妈妈这一头乌亮的好发，一定会上街买一对亮晶晶的水钻发夹给她，要她戴上。妈妈一定是戴上了一会儿就不好意思地摘下来。那么这一对水钻夹子，不久就会变成我扮新娘的"头面"了。

父亲不久回来了，没有买水钻发夹，却带回一位姨娘。她的皮肤好细好白，一头如云的柔发比母亲的还要乌，还要亮。两鬓像蝉翼似的遮住一半耳朵，梳向后面，绾一个大大的横爱司髻，像一只大蝙蝠扑盖着她后半个头。她送母亲一对翡翠耳环。母亲只把它收在抽屉里从来不戴，也不让我玩，我想大概是她舍不得戴吧。

我们全家搬到杭州以后，母亲不必忙厨房，而且许多时候，父亲要她出来招呼客人，她那尖尖的螺丝髻儿实在不像样，所以父亲一定要她改梳一个式样。母亲就请她的朋友张伯母给她梳了个鲍鱼头。在当时，鲍鱼头是老太太梳的，母亲才过三十岁，却要打扮成老太太，姨娘看了只是抿嘴儿笑，父亲就直皱眉头。我悄悄地问她："妈，你为什么不也梳个横爱司髻，戴上姨娘送你的翡翠耳环呢？"母亲沉着脸说："你妈是乡下人，哪儿配梳那种摩登的头，戴那讲究的耳环呢？"

姨娘洗头从不拣七月初七。一个月里都洗好多次头，洗完后，一个小丫头在旁边用一把粉红色大羽毛扇轻轻地扇着，轻柔的发丝飘散开来，飘得人生起一股软绵绵的感觉。父亲坐在紫檀木榻床上，端着水烟筒噗噗地抽着，不时偏过头来看她，眼睛里全是笑。

姨娘抹上三花牌发油，香风四溢，然后坐正身子，对着镜子盘上一个油光闪亮的爱司髻，我站在边上都看呆了。姨娘递给我一瓶三花牌发油，叫我拿给母亲，母亲却把它高高搁在橱背上，说："这种新式的头油，我闻了就反胃。"

母亲不能常常麻烦张伯母，自己梳出来的鲍鱼头紧绷绷的，跟原先的螺丝髻相差有限，别说父亲，连我看了都不顺眼。那时姨娘已请了个包梳头刘嫂。刘嫂头上插一根大红签子，一双大脚丫子，托着个又矮又胖的身体，走起路来气喘吁吁的。她每天早上十点钟来，给姨娘梳各式各样的头，什么凤凰髻、羽扇髻、同心髻、燕尾髻，常常换样子，衬托着姨娘细洁的肌肤、袅袅婷婷的水蛇腰儿，越发引得父亲笑眯了眼。刘嫂劝母亲说："大太太，你也梳个时髦点的式样嘛。"母亲摇摇头，响也不响。她噘起厚嘴唇走了。母亲不久也由张伯母介绍了一个包梳头陈嫂。她年纪比刘嫂大，一张黄黄的大扁脸，嘴里两颗闪亮的金牙老露在外面，一看就是个爱说话的女人。她一边梳一边叽里呱啦地从赵老太爷的大少奶奶，说到李参谋长的三姨太，母亲像个闷葫芦似的一句也不搭腔，我却听得津津有味。有时刘嫂与陈嫂一起来了，母亲和姨娘就在廊前背对着背同时梳头。只听姨娘和刘嫂有说有笑，这边母亲只是闭目养神。陈嫂越梳越没劲儿，不久就辞工不来了。我还清清楚楚地听见她对刘嫂说："这么老古董的乡下太太，请什么包梳头呢？"我都气哭了，可是不敢告诉母亲。

从那以后，我就垫着矮凳替母亲梳头，梳那最简单的鲍鱼头。

我踮起脚尖，从镜子里望着母亲。她的脸容已不像在乡下厨房里忙来忙去时那么丰润亮丽了，她的眼睛停在镜子里，望着自己出神，不再是眯缝眼地笑了。我手中捏着母亲的头发，一绺绺地梳理，可是我已懂得，一把小小黄杨木梳，再也理不清母亲心中的愁绪，因为在走廊的那一边，不时飘来父亲和姨娘朗朗的笑语。

我长大出外读书以后，寒暑假回家，偶然给母亲梳头，头发捏在手心，总觉得愈来愈少。想起幼年时，每年七月初七看母亲乌亮的柔发飘在两肩，她脸上快乐的神情，心里不禁一阵阵酸楚。母亲见我回来，愁苦的脸上却不时展开笑容。无论如何，母女相依的时光总是最最幸福的。

在上海求学时，母亲来信说她患了风湿病，手膀抬不起来，连最简单的螺丝髻儿都盘不成样，只好把稀稀疏疏的几根短发剪去了。我捧着信，坐在宿舍窗口凄淡的月光里，寂寞地掉着眼泪。深秋的夜风吹来，我有点冷，披上母亲为我织的软软的毛衣，浑身又暖和起来。可是母亲老了，我却不能随侍在她身边，她剪去了稀疏的短发，又何尝剪去满怀的悲绪呢！

不久，姨娘因事来上海，带来母亲的照片。三年不见，母亲已白发如银。我呆呆地凝视着照片，满腔心事，却无法向眼前的姨娘倾诉。她似乎很体谅我思母之情，絮絮叨叨地和我谈着母亲的近况，说母亲心脏不太好，又有风湿病，所以体力已大不如前。我低头默默地听着，想想她就是使我母亲一生郁郁不乐的人，可是我已经一点都不恨她了，因为自从父亲去世以后，母亲和姨娘反而成了患难相依的伴侣，母亲早已不恨她了。我再仔细看看她，她穿着灰布棉袍，鬓边戴着一朵白花，颈后垂着的再不是当年多彩多姿的凤凰髻或同心髻，而是一条简简单单的香蕉卷。她脸上脂粉不施，显得十分哀戚。我对她不禁起了无限怜悯，因为她不像我母亲是个自甘淡泊的女性，她随着父亲享受了近二十年的富贵荣华，一朝失去了依傍，她的空虚落寞之感，将更甚于我母亲吧。

来台湾以后，姨娘已成了我唯一的亲人，我们住在一起有好几年。在日式房屋的长廊里，我看她坐在玻璃窗边梳头。她不时用拳头捶着肩膀说："手酸得很，真是老了。"老了，她也老了。当年如云的青丝，如今也渐渐落去，只剩了一小把，且已夹有丝丝白发。想起在杭州时，她和母亲背对着背梳头，彼此不交一语的仇视日子，转眼都成过去。人世间，什么是爱，什么是恨呢？母亲已去世多年，垂垂老去的姨娘，亦终归走向同一个渺茫不可知的方向，她现在的光阴，比谁都寂寞啊！

我怔怔地望着她，想起她美丽的横爱司髻，我说："让我来替你梳个新的式样吧。"她惝然一笑说："我还要那样时髦干什么，那是你们年轻人的事了。"

我能长久年轻吗？她说这话，一转眼又是十多年了，我也早已不年轻了。对于人世的爱、憎、贪、痴，已木然无动于衷。母亲去我日远，姨娘的骨灰也已寄存在寂寞的寺院中。这个世界，究竟有什么是永久的，又有什么是值得认真的呢？

父　亲

　　我幼年时，有一段短短的时日，和哥哥随母亲离开故乡，做客似的，住在父亲的任所杭州。在我们的小脑筋中，父亲是一位好大好大的官，比外祖父说的"状元"还要大得多的官。每回听到马弁们一声吆喝："师长回府啦！"哥哥就拉着我的手，躲到大厅红木嵌大理石屏风后面，从镂花缝隙中向外偷看。每扇门都左右洞开，一直可以望见大门外停下来巍峨的马车，四个马弁拥着父亲咔嚓咔嚓地走进来。笔挺的军装，胸前的流苏和肩徽都是金光闪闪的，帽顶上矗立着一枚雪白的缨。哥哥每回都要轻轻地喊一声："噢！爸爸好神气！"我呢，看到他腰间的长长指挥刀就有点害怕。一个叫胡云皋的马弁把帽子和指挥刀接过去，等父亲坐下来，为他脱下长靴，换上便鞋，父亲就一声不响地进书房去了。跟进书房的一定是那个叫陈胜德的马弁。书房的钥匙都由他管，那是我们的禁地。哥哥说书房里有各种司蒂克(手杖)，里面都藏着细细长长的钢刀，有的是督军赠的，有的是部下送的，还有长长短短的手枪呢。听得我汗毛凛凛的，就算开着门我都不敢进去，因此见到父亲也怕得直躲。父亲也从来没有摸过我们的头。倒是那两个贴身马弁，胡云皋和陈胜德，非常地疼我们。只要他们一有空，我们兄妹就像牛皮糖似的黏着他们，要他们讲故事。陈胜德小矮个子，斯斯文文的，会写一手好小楷。母亲有时还让他记菜账。为父亲炖好的参汤、燕窝也都由他端进书房。他专照顾父亲在司令部和在家的茶烟、点心、水果。他不抽烟，父亲办公桌上抽剩的加里克、三炮台等香烟，都拿给胡云皋。吃剩的雪梨、水蜜桃、蜜枣就拿给我们。他说他管文的，胡云皋管武的，都是父亲最忠实的仆人。这话一点不错，在我记忆中，父亲退休以后，陈胜德一直替父亲擦水烟筒，打扫书房。胡云皋专管擦指挥刀、勋章等等，擦得亮晶晶的，再收起来，嘴里直嘀咕："这些都不用，真可惜。"父亲出外散步，他就左右不离地跟着，叫他别跟都不肯，对父亲讲话总是喊"报告师长"。陈胜德就改称"老爷"了。

陈胜德常常讲父亲接见宾客时的神气给我们听，还学着父亲的蓝青官话拍桌子骂部下。我说："爸爸这么凶呀?"他说："不是凶，是威严。当军官第一要有威严，但他不是乱发脾气的，部下做错了事他才骂，而且再怎么生气，从来不骂粗话，顶多说'你给我滚蛋'，过一会儿也就没事了。这是因为他本来是个有学问的读书人，当初老太爷一定教导得很好，又是陆军大学第一期毕业，又是日本留学生，所以他跟其他的军长、师长，都不一样。"哥哥听了好得意，摇头晃脑地说："将来我也要当爸爸一样的军官。"胡云皋跷起大拇指说："行，一定行。不过你得先学骑马、打枪。"他说父亲枪法好准，骑马功夫高人一等，能够不用马鞍，还能站在马背上跑。我从来没看见过父亲骑马的英姿，只看见那匹牵在胡云皋手里驯良的浅灰色大马。胡云皋把哥哥抱在马背上骑着过瘾，又把我的小手拉去放在马嘴里让它啃，它用舌头拌着、舔着，舔得湿漉漉、痒酥酥的，却一点也不疼。胡云皋说："好马一定要好主人才能骑。别看你爸爸威风八面，心非常仁慈，对人好，对马也好，所以这匹马被他骑得服服帖帖的，连鞭子都不用一下，因为你爸爸是信佛的。"哥哥却问："爸爸到了战场上，是不是也要开枪杀人呢？"胡云皋说："在战场上打仗，杀的是敌人，你不杀他，他就杀你。"哥哥伸伸舌头。我呢，最不喜欢听打仗的事了。

幸亏父亲很快就退休下来。退休以后，不再穿硬邦邦的军服、戴亮晶晶的肩徽。在家都穿一套蓝灰色的长袍，手里还时常套一串十八罗汉念佛珠。剪一个平顶头，鼻子下面留了短短八字胡，看上去非常和气，跟从前穿长筒靴、佩指挥刀的神气完全不一样了。看见我们在做游戏，他就会喊："长春、小春过来，爸爸有美国糖给你们吃。"一听说"美国糖"，我们就像苍蝇似的飞到他身边。哥哥曾经仰着头问："爸爸，你为什么不再当军官，不再打仗、杀敌人了呢？"父亲慢慢儿拨着念佛珠说："这种军官当得没有意思，打的是内仗，杀的不是敌人，而是自己的同胞，这是十分不对的，所以爸爸不再当军官了。"檀香木念佛珠的芬芳扑鼻而来，和母亲经堂里香炉中点的香一个味道。我就问："那么爸爸以后也念经啰。"父亲点点头说："哦，还有读书、写字。"后来父亲买了好多好多的书和字画，都归陈胜德管理，他要哥哥和我把这些书统统读完，做一个有学问的人。

可是，读书对于幼年的哥哥和我来说，实在是件很不快乐的事。老师教完一课书，只放我们出去玩一下，时间一到，就要回书房。我很怕老师，不时地望着看不大懂的自鸣钟催哥哥快回去，哥哥总是说："再玩一下，时间还没到。"有一次，我自怨自艾地说："我好笨啊，连钟都不会看。"父亲刚巧走过，笑着把我牵进书房，取下桌上小台钟，一圈圈地转着长短针，一个个钟头教我认，一下子就教会了。他说："你哥哥比你懒惰，你要催他，遵守时刻是很重要的。"打那以后，哥哥再也骗不了我说时间没到了。只要老师限定的休息时间一过，我就尖起嗓门喊："哥哥，上课去啦。"神气活现的样子。哥哥只好噘着嘴走回书桌前坐下来。书房里也有一口钟，哥哥命令我说："看好钟，一到下课时间就喊'老师，下课啦'！"所以老师对父亲说我们兄妹俩都很守时。

没多久，父亲不知为什么决定要去北平，就把哥哥带走了，让我跟着母亲回故乡。那时我才六岁，哥哥九岁。活生生地拆开了我们兄妹，我们心里都很难过，后悔以前不应该时常吵架。哥哥能去北平，还是有点兴奋，劝我不要伤心，他会说服父亲接母亲和我也去的。母亲虽舍不得哥哥远离身边，却是很坚定地带我回到故乡。她对我说："你爸爸是对的，男孩子应当在父亲身边，好多学点做人的道理，也当见见更大的世面，将来才好做大事业。"我却有点不服气，同时也实在思念哥哥。

老师和我们一起回到故乡，专门盯住我一个人教，教得我更苦了。壁上的老挂钟又不准确，走着走着，长针就跳一下，掉下一大截，休息时间明明到了，老师还是说："长针走得太快，不能下课。"我好气，写信告诉父亲和哥哥。父亲来信说，等回来时一定买只金手表，戴在我手腕上，让我一天二十四个钟头都看着长短针走。于是我天天盼着父亲和哥哥回来，天天盼着那只金手表。哥哥告诉我，北平天气冷，早晨上学总起不了床。父亲给他买了个闹钟放在床头几上，可是闹过了还是起不来，时常挨父亲的骂，父亲说懒惰就是没有志气的表现。他又时常伤风要吃药，吃药也得按时间，钟一闹非吞药粉不可，药粉好苦，他好讨厌闹钟的声音，也好盼望我去和他做伴，做他的小闹钟。我看了信，心里实在难过，觉得父亲不带母亲和我去北平是不公平的。可是老师说，大人有大人的决定，是不容孩子多问的。我写信对哥哥说，如果我也在北平的话，早晨一定会轻轻地喊："哥哥，我们上学啦。"一点也不会吵醒爸爸。吃药时间一到，我也会喊："哥哥，吃药啰。"声音就不至像闹钟那么讨人嫌了。

哥哥的身体愈来愈弱，到父亲决心接我们北上时，已经为时太晚。电报突然到来，哥竟因急性肾脏炎不治去世，我们不必北上，父亲就要南归故里了。兄妹分别才两年，也就成了永别。我那时才八岁。我牢牢记得，父亲到的那天，母亲要我走到轿子边上，伸双手牵出父亲，要面带笑容。我好怕，也好伤心，连一声"爸爸"都喊不响。父亲还是穿着蓝灰色长袍，牵着我的手走到大厅里坐下来，叫我靠在他怀里，摸摸我的脸、我的辫子，把我的双手紧紧捏在他手掌心里，说："怎么这样瘦？饭吃得下吗？"这是他到家后，对我说的第一句话，声音是那般的低沉。我呆呆地说："吃得下。"父亲又抬头看看站在边上的老师，说："读书不要逼得太紧，还是身体重要。"不知怎的，我忽然忍不住哭了起来，不完全是哭哥哥，好像自己也有无限的委屈。父亲也掩面而泣。好久好久，他问："你妈妈呢？"我才发现母亲不在旁边，原来她一个人躲在房中悄悄地落泪。这一幕伤怀的情景，我毕生不会忘记。尤其是他捏着我的手问的第一句话，包含了多少爱怜和歉疚。他不能抚育哥哥长大成人，内心该有多么沉痛。我那时究竟还幼小，不会说安慰他的话，长大懂事以后，又但愿他忘掉哥哥，不忍再提。

几天后，父亲取出那口小闹钟，递给我说："小春，留着做个纪念。你哥哥最不喜欢看钟，我却硬要他看钟，要他守时。他去世的时候是清晨五点，请大夫都来不及，看钟又有什么用？"父亲眼中满是泪水。我捧了小闹钟一直哭，想起哥哥信里的话，我永不能催他起床上学了，我也不喜欢听闹钟的声音了。

哥哥去世后，父亲的爱集于我一身。我也体弱多病，每一发烧就到三十九摄氏度。父亲是惊弓之鸟，格外担心，坚持带我去城里割扁桃腺。住院一周，父亲每天不离我床边，讲历史故事给我听，买会哭、会吃奶、会撒尿的洋娃娃给我，我享尽了福，也撒尽了娇。但因当时大夫手术不高明，有一半扁桃腺割得不彻底，反而时常容易发炎，到今天每回犯敏感，就会想起当时住院的情景。

父亲爱我，无微不至。我想看他手上的夜光表，他就脱下来给我。我打碎了他心爱的花瓶、玉杯，他也不责骂。钓鱼、散步，总带着我一起，只是不喜欢热闹的场合。有一次二月初一庙会，我和姑妈、姨妈等人说好一起出去逛的。等我匆匆抄好作文，换了新衣服赶出来，她们已经走远了。我好气，也不管漂亮的新旗袍，一屁股坐在台阶上哭。父亲从书房走出来说："别哭，我正想去走走，陪我去吧！"他牵着我的手边走边讲道理给我听。我感到父亲的手好大好温暖，跟外公和阿荣伯的一样。我不禁问："爸爸，你的手从前是打枪的，现在只会拿拐杖和旱烟筒了。"他笑笑说："这就叫作'放下屠刀，立地成佛'。"我想，父亲的信佛和母亲的吃素念经是很有关系的。其实父亲当军人时也是仁慈的军人，马弁胡云皋就曾说过的。许多年后，有一位"化敌为友"的父执曾对我说："你爸爸不但带打了胜仗的军队带得好，对打了败仗的军队带得更好，这可不简单啊！你不知道打败仗的军队，维持军纪有多难。你父亲治军纪律极严，绝不扰民，他真不愧为一位儒将。"这话出诸一位曾经与他为敌的人口中，当然是千真万确的。我对父亲也愈加敬爱了。

到杭州进中学以后，父亲对我管教渐严，时常要我背英文给他听。其实我背错了他也不知道，不比古文、唐诗，一个字也错不得。他还要看我的作文、日记，连和同学们通的信都要看，使我对他起了畏惧之心。那时当然没有"代沟"、"代差"等新名词，但小女孩在成长期中，总有些和同学们的悄悄话，不愿为长辈所知。有一次，我在日记中发了点牢骚，父亲看后引了圣贤之言，把我训斥一顿。我一气把日记撕了。父亲大为震怒，命我以工楷抄《心经》一遍反省。那时我好"恨"父亲，回想在故乡时他牵着我的手去看庙会的慈爱，如同隔世；父亲好像愈来愈不了解我了。

他对我期望过分殷切，好像真要把我培植成个才女，说女孩子要能诗能画，还要能音乐。从初一起，就硬要我学钢琴。学校里有个别教学与合组教学两种，他不惜每学期花十二块银元要我接受个别教学。偏偏我没有一丁点音乐细胞，加以英文、数学、理化已压得我喘不过气，对学钢琴实在毫无兴趣。每学期开始，都苦苦哀求父亲准许我免学。父亲总是摇头不答应。勉强拖到高二下学期，钢琴课成绩坏到连授课老师都认为我有放弃的必要。正好又得准备高三的毕业会考，好心的钢琴老师是美国人，她自动到我家来，用生硬的杭州话对父亲说："你的女儿音乐舔菜（天才）不耗（好），请你不要比（逼）她学钢罄（琴）。"父亲这才同意我放弃了。一根弦足足绷了五年，这一放弃，五线谱上的豆芽菜一下就忘得一干二净。父亲当然很生气，可是我却好轻松、好痛快。假使世界上真有"对牛弹琴"这回事的话，我就是那头笨牛了。直到今天，我一听到叮叮咚咚的钢琴声，就会想起那五年浪费的"苦练"而感到心痛，因为我不能随父亲心愿，实在太对不起他老人家了。

进入大学，我也懂事多了，父女的感情，竟有点近乎师友之间。中文系主任对我的夸奖也使父亲对我另眼看待。他喜欢作诗，每回作了诗都要和我商讨。我也不知天高地厚地喜欢改。有时瞎子打拳似的，击中一下，改出了"画龙点睛"的字来，父亲就拊掌大大称许一番。其实我明明知道他是试我，也是鼓励我，但于此中正享受无尽的亲情和乐趣。

父亲不喝酒、不打牌，连烟都因咳嗽而少抽。他最大的嗜好就是读书、买书。各种好版本，打开来欣赏欣赏，闻闻那股子樟脑香，对他便是无上乐趣。因此杭州与故乡永嘉二处的藏书也算得相当丰富。每年三伏天，我帮母亲晒皮袍，帮父亲晒书。父亲总是语重心长地要我好好保存这些丛书和名贵的版本。至于字画古董，父亲不大辨真伪，也不计较真伪，有时明知是赝品也买。他说卖字画的人常识丰富，说来头头是道，即使是一种骗术，听听也很令人快意。况且赝品的作者，也未始没下一番功夫，只要看来赏心悦目，有何不好呢？可说别有境界。他也喜欢端砚与松烟好墨。他有一块王阳明的写经叶，想来也是赝品，却是非常玲珑可爱，有时濡墨作诗，或圈点诗文，常常吟哦竟日，足不出书房一步。他说："古人谓'我自注书书注我，人非磨墨墨磨人'，正是这番光景。"

1937 年抗日战争爆发，举家不得不避乱回故乡。临行前，父亲打开书橱，抚摸着每册心爱的书，唏嘘地对我说："乱离中一切财物都不足惜，只这数千卷的书和两部藏经，总是叫人不能释然于怀，但不知能否再回来，再读这些书？"父亲一向乐观，忽然说这样伤感的话，不由使我暗暗心惊。忠仆陈胜德自愿留守杭州寓所，照顾书籍。父亲也只得同意了。回到故乡以后，父亲因肺疾与痔疮间发，僻处乡间，没有良医和特效药，身体一日不如一日。另一位忠仆胡云皋到处打听偏方灵丹，常常翻山越岭采草药煎给父亲喝，诚意可感，可是究竟毫无效果。不久忽然传来谣言，说杭州寓所被日军焚毁，陈胜德也遇难。父亲听了忧心如焚，后悔不当为身外之物，留下陈胜德冒险看顾。重大的打击，使他咳嗽加剧。次日忽然发现胡云皋走了。他留下一信禀告父亲，为了替父亲杭州的住宅一探究竟，也为了亲如兄弟的陈胜德存亡确信，他一定要回杭州去看看，希望能带了平安消息归来。可是他一走就音信杳然，据传亦被日军所害。从那以后，我永远没有再见陈胜德和胡云皋这两位忠实的朋友。幼年时代，他们照顾提携过哥哥和我，哥哥才十岁就弃我而去，他们二人都死于战乱，眼看父亲身体又日益衰弱，忧愁和悲伤使我感到人世的无常。但父亲尽管病骨支离，对我的教诲却是愈益严厉。病榻之间，他常口授《左传》《史记》《资治通鉴》等书，要我不仅记忆史实，更要体会其义理精神，并勉我背诵《论语》《孟子》《传习录》《日知录》，可以终生受用不尽，《曾国藩家书》与《饮冰室文集》亦要熟读。他说为人为学是一贯道理，而敦品励行尤重于学业。他说自己身为军人，戎马倥偬中，总不离这几部书，而一生兢兢业业，幸未为小人之归者，亦由于能时时以此自勉。父亲的教诲，使我于后来多年的流离颠沛中，总像有一股力量在支撑我，不至颠仆。可是我不是个潜心做学问的人，又缺乏悟性，碌碌大半生，终不能如先人之所望，内心实感沉痛。

父亲是一位是非感强烈，而且极具判断力的人。记得在抗战之初，他对我们说，这是一场长期而且艰苦的奋斗，蒋委员长决定对日宣战是百分之百正确的，正义终必获胜，叫我们不要悲观、恐惧。他对于国军所采的战略之正确以及日本军阀的必不能持久，早有独到的看法。父亲的一位好友，叹佩父亲实在是位不可多得的军事家。我忽然想起念中学时，历史课本上曾有父亲的名字（父亲讳国纲，字鉴宗）。父亲叹了口气，调侃似的说："这实在是一生恨事。幸得在整个的一段战争史上，我究竟只是个微不足道的人物。"他想起只有一件事，倒是使他私心稍感安慰的。孙中山曾嘱蒋介石派一位军官，和父亲商议，希望在革命军北伐时，他能协助顺利通过他驻守的防线。父亲慨然答应，并深悟兄弟阋墙对革命的阻力而毅然退休。父亲真可说是从善如流的勇者。他逝世时，蒋介石（当时任委员长，驻江西南昌）曾赐题"我思故人"四字，并赠挽联云："大将令终天所靳，急流勇退古称难。"父亲正确的抉择，使他晚年得到心灵上的平安。我也上体父亲一生急公好义之心，于战乱中秉承他老人家遗命，将故乡与杭州寓所两处藏书，于仓皇中分别捐赠永嘉籀园图书馆与杭州浙江大学，俾借大众之力，得以保全。但如今这近万卷的藏书，命运如何，就不得而知了。

父亲为顾念亲族与邻里中子弟的学业，特在山乡庙后老家的祠堂里办了一所小学，供全村儿童免费上学，连书本都是奉送的。老师个个教学认真，庙后小学驰名遐迩，还得到永嘉县政府的褒奖。我妹妹就是该小学毕业的高才生。

父亲在病榻上曾对我说："乱离中最宝爱的东西是心情上最重的负担。但到了不得不割舍的时候也只有割舍。比如书吧！那是比珠宝金银都宝贵万万倍的，但也是最先必须割舍的。你如肯读书，将来安定以后，可量力再买；如不爱读书，即使拥有满屋图书，也都不是真正属于你的。"

父亲去世于抗战翌年农历六月初六日，正和他的生辰同一天，真是不幸的巧合。当天清晨，他于呼吸困难中低声地问，佛堂前和祖宗神龛前香烛是否都已点燃，母亲答以都点了。他又说，你们都高声念经吧！再没吩咐什么，就溘然长逝了。父亲的好友说他虽享年不及六十，但能与荷花同生日，依佛家说法，仍有难得的因缘与福分。所以，他的挽联有云："六六生六六逝，佛说前因。"母亲因悲痛过甚，亦于三年后追随父亲而去。

那一片凄凉苍白，至今犹在眼前。而我的锥心之痛，却是与日俱增。因为大陆上双亲灵柩，竟是至今未能安葬。托亲友由国外辗转打听来消息，父亲棺木竟被大水冲走。灵骨是否由至亲收藏，都不能确知。想父亲一生待人仁厚，处事中正和平，逝世数十年，竟至窀穸未安，这都是我们做人子女者的不孝和罪孽。在抗战胜利之初，何以未能使先人入土为安，只因父亲生前比较重视住宅的舒适，所以想觅一块风景好的坟地，建筑一座他老人家满意的坟墓，亦是慎终追远之意；谁知内战顿起，一时措手不及，便仓皇来台。父亲固然预知抗战必胜，而胜利后会有变故，实非他始料所及。

外　公

　　幼年过春节时,我最最盼望的是住在深山里的外公,一定会在腊月二十三日送灶神前一天赶到,过了正月初十才回去。

　　外公不坐轿子,是自己背着一个大布袋走山路来的,他走到时连大气都不喘一口。大布袋里除了他亲手种的甜山薯以外,就是在山上采的各种草药,一捆捆像枯藤似的。他说百草治百病,说我母亲忙得脚后跟痛,要吃草药补一下,我越长越瘦,也要吃药补一下。草药熬成汤,加一种树胶和红糖结成冻,每天早晚喝一汤匙,百病消除。

　　母亲忙得老是忘记喝,我却绝不会忘记,因为草药甜甜的真好吃。母亲说:"过年过节的,吃什么药呀?"外公说:"这是仙丹,不是药。"于是外公放下大布袋,就找柴刀砍草药。长工阿荣伯连忙帮他砍,他好喜欢外公,因为他们下棋有伴了。

　　阿荣伯找了个大瓦罐,生起荧荧的炭火,帮外公熬草药。旁边摆一张小桌,他俩就对坐下来下乞丐棋。我一会儿靠在外公怀里,一会儿靠在阿荣伯怀里。瓦罐里的药香一阵阵透出来,母亲蒸红枣糖年糕的香味也一阵阵透出来,两种香味和在一起,使我感到好温暖、好快乐。

我连连问母亲可以吃几块糖年糕，母亲说："是祭祖先的，不许问。"

外公笑嘻嘻地说："先喝了仙丹草药，再吃糖年糕，就不会隔食(不消化)了。"

阿荣伯不爱吃蒸的年糕，总是啃冷年糕，边啃边下棋，但每盘都输给外公。口袋里的铜钱都跑到外公面前，不一会儿，外公的铜钱又都跑到我口袋里了——不是我偷的，是外公悄悄地放到我口袋里的。他在我耳朵边轻声地说："去买鞭炮来放，放一串，长一寸，连仙丹草药都不用吃了。"

阿荣伯偏偏说外公的草药不灵，没想到他边说肚子就边痛起来，痛得棋子都滚落在泥地上找不到了。他只得弯腰屈背地向外公求救。外公马上倒一大碗草药给他灌下去，不到半个钟头就不痛了。他只好承认外公是神仙，草药是仙丹。

家庭教师说："两位老人相对下棋，边上摆一个瓦罐熬药，真像是一对神仙。神仙下一盘棋，凡界就是几百年、几千年哩。"

外公摸摸胡子说："凡界与神仙有什么两样？活得健旺、快乐，心肠好，就是神仙。活得八病九痛的，心里愁这愁那，就是凡界了。"

母亲听了皱起眉头说："我心肠满好的，却是东痛西痛，做不了神仙，是什么道理？"

外公说："因为你太会愁了。愁我的北京女婿没信来，愁我老了走不动山路，愁女儿吃不下饭长不大。这样的多愁，怎么做得神仙？"

阿荣伯接口说："她还愁猪圈里的猪娘生猪仔赶不上好时辰呢。"听得外公呵呵大笑。

母亲笑骂阿荣伯："你不要笑我，你做酒不是也要拣好日子吗？你那回扭了腰，不是要我念观世音菩萨保佑你快快好吗？"

阿荣伯连连点头说："对、对。"

外公还有满肚子的笑话要讲给我听。他坐在荧荧的火盆边，吃着香喷喷的烤山薯，就开始讲故事。全家大小都围着他，连长工们都没心思赌钱，放下骰子和骨牌，一起来听外公讲故事和笑话。

有的笑话，我都听过好多遍了，但仍咯咯地笑得前仰后合，绝不说："这个我听过了。"因为外公对我说过："别人讲故事，不管你有没有听过，你都要好好地听，因为还有还没听过的人呢！你若说自己听过了，说的人就没意思讲下去了。你的老师不是对你讲过吗？好的书要读了又读，背了又背，才会明白里面的道理，听故事和笑话也是一样啊！"

外公用他的山乡调子讲，听来特别有味道，我也会学着他的调子讲一遍，听得外公笑呵呵。

那时外公七十多岁，我才七岁。如今我也七十多岁了，而我那时偎依在外公身边，围炉听故事的情景，好像就在眼前。

外公讲的故事和笑话，我统统都还记得，我有时讲给朋友听，有时讲给老伴听。他常说："听过了，听过了。"我说："听过了也要听，外公说的，听一遍有一遍的道理。"他说："有的故事，真的好好听，你为什么不讲给邻居的小朋友们听呢？"

我想对呀！于是我就把邻居几位要好的小朋友们请来。小洋人们坐在地毯上，团团地围着我，我就卷起舌头，用浅近的英语连说带比地把最最有趣的几个故事讲给他们听，逗得他们笑得好开心。

想起自己小时候，听外公讲故事，我咯咯咯笑得咧开缺了大门牙的嘴，那幅快乐情景，就在眼前。如今，却变成我这个老奶奶，在给小朋友们讲故事了，心里一阵温馨，觉得自己一点也没老呢！

小叔写春联

　　我家乡的宅院非常大，从前门到后门，大约要走上十分钟。因此，一到过新年，母亲和老长工阿荣伯，带着所有的长工和小帮工阿喜，就有忙不完的工作。院子里的树木，都要修剪整齐，打扫清洁以后，在主干上围上一圈红纸。谷仓门要贴上好多纸剪的金元宝，栋梁上要贴一张红纸，写上"大吉"二字。前后大门原已是油漆好的门神，把蟒袍擦得晶亮后，在两边柱子贴上新的春联。凡是要用梯子爬上爬下的，都由灵活的阿喜做，阿荣伯叫我帮着递春联。说我会认字，提醒阿喜别把春联贴倒了，那可不比"福"字倒贴是好彩头。

　　春联跟年画不一样，年画有的是街上买现成的财神爷，有的是阿荣伯自己画的，人不像人，佛不像佛。春联却要请有"学问"的人写的。

　　父亲从北京回来以后，对于春联就很讲究了。不能老是家家相同的"天增岁月人增寿，春满乾坤福满门"。他认为不够雅致的不要，字写得不漂亮的也不要。阿荣伯从街上买来的现成春联，父亲更瞧不上眼。这时，我那位满腹经纶又写得一手好魏碑的小叔，就大大地吃香了。

小叔并没有正正经经上学，但是出口成文，背的诗句很多。他因为喜欢抽香烟，一支在手，见了父亲，喊一声大哥，拔脚就跑。可是到了春节，父亲要他把家里各处厅堂和前后大门的对联，统统写了新的换上，他就可以大模大样地抽香烟，不必躲躲藏藏了。母亲本来就很疼小叔，为了哄他快写，就特地给他每天买两包大英牌香烟，让他自由自在地抽，还另外给他点心钱。

那几天，小叔就摇头晃脑地边哼边写。我呢？像个傻傻的书童，跟在他旁边恭恭敬敬地帮他铺对联纸、磨墨。他教我磨时要加点肥皂，写出字来厚敦敦，像雕出来的一般，有一份立体感。

小叔一声令下："纸铺平，看我写完几个字就慢慢向上拉。"我战战兢兢地扶着纸，生怕拉得太快或太慢，害他写坏了就得换一张纸重写，母亲可舍不得糟蹋红纸呐。

写好一张，由阿荣伯和我拿着两头平放在地上。好多张一字儿排开，看上去就喜气洋洋。

小叔自己歪着头左看右看，越看越得意。自言自语："天下还有比这更好的字，更好的对联吗？"

母亲也走过来眯着近视眼看半天说："要你大哥说好才真算好哩！"

小叔说："对联都是古人现成的，字写得好最难得呀！"

我没心思看那许多对联，倒是喜欢其中的一副："遥闻爆竹知更岁，偶见梅花觉已春。"对小叔说："爸爸一定也喜欢这一副。"

父亲从书房出来，背着手默默地看了一遍，还没点头呢，就指着一副生气地问："怎么写这么一副？是过年呀！"

我一看，那是"万事不如杯在手，一生几见月当头。"我对小叔伸了伸舌头，小叔却说："那是明朝福王的名句，很有胸襟气派的，我只把原来的'年'字改成'生'字。"

父亲没理他，拿起那副对子就撕掉了。

母亲走过来说："过年过节的，慢慢对他讲，不要生气嘛。"

阿荣伯对小叔说："从二十三夜送灶神，到正月初五这十多天，是你比神仙还自在快活的日子，你大哥就是生气也不骂你。我劝你过了年就真正收收心，进个学堂正式念书吧！"

小叔深深吸一口烟，慢慢儿从鼻孔喷出来，一面嚼着母亲给他的花生炒米糖，用京戏里道白的调子，有板有眼地说："老伯伯言之有理，小侄儿哪敢不听。从今后寒窗苦读，一朝中了功名，定当登门拜谢老伯伯教诲之恩。"

阿荣伯大笑道："登什么门，我是你家老长工，我的门就是你家的门呀！"

我看小叔讲的虽是京戏词儿，倒是一脸的诚恳，还以为他当真从此会听父亲的话，进学堂读书呢。谁知他背过脸去就悄悄对我说："你看学校里的老师，有我的诗背得多，能像我写一手魏碑吗？"

我说："进学堂念书，跟你背诗写字不一样，学堂生毕了业，将来可以到外当差使，做官呀。"

小叔大笑道："你呀，小小年纪就满脑子的做官，真俗。"听得我好生气，真不想借压岁钱给他买香烟了。

可是没有小叔出点子带我玩，新年里还真没意思呢。于是我只好投降，照样从母亲那儿拿酒给他喝，拿花生糖给他吃。他吃喝得高兴，就在厨房里讲《三国演义》，带做带唱，一会儿诸葛亮，一会儿关公，逗得母亲和阿荣伯都乐呵呵的。我更不用说，恨不得新年永远过不完。

最奇怪的是我的口袋里的压岁钱，叮叮当当好多个银元，被小叔换来换去就只剩下几枚银角子了。

我悄悄告诉母亲，母亲说："你这个傻丫头，被小叔骗去卖掉，你帮他数钱都数不清呢！"

我说："小叔不会把我卖掉的，因为我们是好朋友啊！"

母亲摸摸我的头，又说了一声"傻丫头"。

童仙伯伯

童仙伯伯姓姜，姜太公的姜。他说自己是个考不取的老童生。年纪大了，就变得神仙一般，因此自称"童仙"。所以哥哥和我不喊他姜伯伯，都喊他童仙伯伯。童仙伯伯五十岁的时候，我刚巧五岁。我伸着五个手指头喊道："童仙伯伯，您比我大十岁。"他笑呵呵地说："对啦，我比你大十岁。可是你得伸出两只手，十个手指头呀。"

我就伸出十个手指头，手指尖点着手指尖来回地数。心里在想，童仙伯伯一定不只比我大十岁。哥哥说："还有脚指头呢！你就都伸出来，坐在地上慢慢地数吧！"我最气哥哥笑我不会数数，就说："不要你管。"数着、数着，墙上的老自鸣钟敲起来了，当、当，有气无力的，我抬头看钟面上的指针，看不懂是几点，又忙着数它究竟敲了几下。反而全数不清了。童仙伯伯说："小春，自鸣钟敲了九下，你该去认方块字了。"我说："我不要，太阳还没晒到这边台阶儿上，等晒到了才去。老师做过记号的。"哥哥说："哼，你这个懒虫，今天没有太阳。老师说过的，没有太阳的日子，就听自鸣钟。"童仙伯伯拍手大笑说："你们俩都别去读书了，你们的老师脚气病犯了，在家休息。他托我照顾你们。我带你们爬后山采果子去。"我们好高兴。童仙伯伯真好比我们的神仙伯伯。我们要怎么玩就怎么玩，要吃什么他就给我们买什么。不像在老师面前，连喷嚏也不敢打一个。不过有一件事，他总要我们记住，就是有好吃的东西，要先留起一点给妈妈和阿荣伯伯。外公在我家时，更要把最好的给外公。比如在山上采了山楂果，他叫我拣最红最大的给他们三个人吃，买了桂花糕，把方方正正，看去红糖夹心最多的，留起来带回家。因为外公和妈妈都喜欢吃甜食。

童仙伯伯说："长辈年纪大了，吃好东西的日子一天比一天少，你们往后的好日子有的是。时时刻刻都想到长辈就叫作孝顺。"他常常一边走一边给我们讲故事。有一次，他给我们讲一个孝子伯俞的故事，说伯俞的母亲打他，他跪在地上哭了。他母亲说："我以前打你力气很大，打得很重，你都不哭，今天我打得轻了，怎么你反倒哭呢？"伯俞说："因为您打得轻，我担心您身体没有从前好，力气小了。"我听得呆呆地没作声，哥哥忽然说："我觉得伯俞不对，他不应当说出来，放在心里暗暗忧愁才对，说出来不是让妈妈更担心自己老了吗？"童仙伯伯看着哥哥半晌说："长春，你真聪明，你真好心，长大了一定是个孝顺儿子。"哥哥立刻说："我现在就很孝顺，我尽量不惹妈妈生气，帮妈妈做事。不像妹妹，动不动就哭，是个蚌壳精（家乡话一碰就哭的意思）。"我又不服气了。我说："妈妈叫你点一盏油灯做功课，那你为什么点两盏呢？"哥哥不理我了。其实，我心里还是很佩服哥哥，很爱他。有一次，他去乡村小学的操场踢皮球，我守在旁边看他满场奔，跌了好几跤，我好急好心疼，就对着风大喊："哥哥，你不要踢嘛，哥哥，我们回家嘛！"他没听见，一直踢到精疲力竭，才带着我回家，我一路埋怨，他一路生气，一不小心，跌进一个水塘里，浑身湿透，我又在边上狂叫，正好童仙伯伯来了，带我们回家。妈妈气起来打了哥哥，要他下跪，我也马上跟着跪下了。哥哥没有哭，我倒抽抽噎噎地哭起来了。哥哥小声地说："妹妹，你不要哭，你放心，妈妈一做好松糕就叫我们站起来吃了。"哥哥说得一点没错，妈妈打开热气腾腾的蒸笼，端出香喷喷的松糕，取出两块放在碟子里，板着脸对哥哥说："拿去给童仙伯伯。"哥哥马上站起来端着走了。妈妈给我一块，温和地说："以后劝哥哥不要踢皮球，鞋子踢破了，妈妈没有工夫做。"我问："妈妈，你不给哥哥吃糕呀？"妈妈笑笑说："你还怕他不会讨吗？"哥哥送了糕回来，站在一边不开腔，我悄声地说："哥哥，你向妈妈讨嘛。你说：'我下次不踢皮球了。'"哥哥摇摇头说："我宁可不吃松糕，还是要踢皮球。"我生气地说："你惹妈妈生气，你一点也不孝顺。"哥哥呆了一阵，妈妈只顾忙来忙去，看也不看他一眼，我已把一块松糕吃完，伸手再向妈妈讨："妈妈，再给我一块，也给哥哥一块好吗？"哥哥马上接口说："妈妈，童仙伯伯说妈妈的松糕特别软，特别香，问我吃了没有，我说还没有呢，回到厨房里妈妈就会给我的。"妈妈扑哧一声笑了，一块松糕已经塞在哥哥手里。哥哥得意地向我扮个鬼脸，我真佩服哥哥好有办法。

当我们的外公回到山里，阿荣伯伯农忙的时候，我们就瞟住了童仙伯伯，可惜他太爱睡觉，又太爱看书，看着看着就躺在靠椅上呼呼大睡。哥哥蘸饱了毛笔，在他的两道浓眉毛上再描两道浓眉毛，又在他老花眼镜上涂了墨。童仙伯伯一觉醒来，睁眼一片漆黑，以为天没亮，翻个身又睡。阿荣伯伯对哥哥说："你不能趁一个人睡着的时候，在他脸上画东西。因为睡着的人，灵魂儿变成一条虫，从鼻孔里爬出来，玩儿够了，又从鼻孔里爬回去。你把他的脸描成另一个样子，虫虫认不得自己，就爬不回去，人就醒不过来了。"他又给我们讲了个故事："有一个小孩，看爷爷睡得好酣，一条小虫从鼻孔里爬出来，爬过一根稻草，爬在一堆牛粪上，大吃一顿，正想爬回来时，小孩恶作剧，把那根稻草拿开了，虫虫爬不回来，很慌张的样子。爷爷也一直醒不过来。孩子也慌了，赶紧把稻草摆回去，虫虫才爬回来，爷爷才醒了。醒来后爷爷告诉孙子说：'我刚才做了一个梦，梦见自己辛苦地走过一条独木桥，发现一堆如山高的红糖，我吃得好开心，回来时那条桥忽然不见了。好急，后来忽然又找到了，才沿着原路回来。'"

我听了又好玩又担心。看着童仙伯伯的鼻孔，哪有虫虫爬进爬出呢？我一推他，他就醒了。我把阿荣伯讲的故事讲给他听，他又呵呵大笑说："你们不是说，我是神仙伯伯吗？神仙睡觉，不会变成一条虫的。"我也咯咯地笑了。他又说："小春，别信什么灵魂儿的话。人就是人，困了就要睡觉，醒来就要说话、吃饭、玩耍、读书。阿荣伯伯是乡下佬，我是读书人，我讲的都是书上的。"

有一次，他讲了个笑话："有一个爸爸，叫儿子去买酒，儿子去了好久好久不回来，菜都凉了。爸爸心里奇怪，就去看看究竟是怎么回事。却看见儿子提着酒壶和另一个人面对面站在一条独木桥上，谁也不肯让谁先走。爸爸看了好生气，上前对儿子说：'你下来走另外一条路买酒去，让我和他站在这里。'"我听了以后，歪着头想了半天，觉得没什么好玩的。哥哥却笑得前仰后合。我生气地说："哥哥你笑什么嘛？这有什么好笑的嘛？"哥哥说："小春，你就是那个儿子，我就是那个爸爸。"我更生气了，哥哥就是比我高明，我没懂的，他都懂。现在想想，那个老爸爸，不为买酒，却要和那人对立地顶在桥中心。世人往往为一时意气之争，不也一样可笑吗？

　　童仙伯伯跟外公一样，他讲的故事，叫我一直不能忘记，而且长大后愈想愈有道理。

　　他时常带我们去钓鱼，哥哥要挖蚯蚓做钓饵。他说："长春，不要把蚯蚓一寸一寸掐断，多残忍呀，我们用饭粒吧。"他叫我们用饭拌了糠撒下去，一大群鱼都来吃了，再把钓钩扎上饭放入水中。我们坐在岸边，童仙伯伯喷着旱烟。好久好久，才看见浮沉子一动一动的，哥哥要提钓竿，童仙伯伯说别提，过了半天，浮沉子一点不动了，哥哥一提起来，钩子上是空的，饭粒也没有了。哥哥懊丧地说："你看，鱼跑了。"童仙伯伯说："这样才好嘛，我们看鱼儿吃东西多开心，为什么要钓它上来，它扎上了钩子多痛呀！"哥哥说："你是菩萨，不是神仙。"

妈妈也说过，童仙伯伯是菩萨，心肠慈悲，跟外公一样，他也会看病，地方上有人生病，他都给治，还花钱给穷人买药。妈妈说我的小命都是他救的。我出疹子的时候，红斑发不出来，浑身都冰凉了，外公又在山里来不及赶下来。童仙伯伯熬了药，给我灌下去，告诉妈妈，如果第二天哭出声来就有了救，第二天我果真哇地哭出声来，红斑一直发到脚底心，我活过来了，所以童仙伯伯是我的救命恩人。

他是爸爸的要好同学，他说他肚才比爸爸还通，却是运气不好，没有考取举人。他祭文作得特别好，爸爸常常请他代作。作完以后，拉长嗓子唱，我听起来都好像很悲伤的样子。他说念祭文是一种特别本领，要听得不相干的人都眼泪汪汪的，才是好祭文。他还会画画，画荷花、芭蕉，都是墨团团一大片，我看着实在没什么名堂。可是爸爸说他是才子画、书生画。哥哥也跟他学。哥哥画的我很喜欢，因为他画牛、画马，有时画两只公鸡打架，很像。哥哥也是才子呢。

童仙伯伯还教哥哥对对子："云对雨，雪对风，晚照对晴空……"又教他背对子："童子打桐子，桐子落，童子乐。美人捏米人，米人肖，美人笑。"（故乡米美同音。）所以哥哥很早就会作五个字一句的诗了。

有一天，忽然听见童仙伯伯对老师说："长春太聪明，太懂事，只怕他福分太薄。"我问他："什么叫福分薄呢？"童仙伯伯严肃地说："我们随便说说，不许跟你妈妈说。"

我心里一直有个疙瘩，哥哥福分薄，将来会吃苦，我好难过，我就只有一个哥哥啊！

爸爸把哥哥带到北平去了，我好寂寞，哥哥写信给我，说他学会唱京戏，就是刘备关公张飞他们唱的戏。我非常羡慕，只想去北平看哥哥。童仙伯伯说："等我去的时候，一定带你去。"他积蓄了一笔盘缠，却因为一个侄子上学没有钱，就给他了，后来再积蓄一笔，却在城里的黄包车上丢掉了。他挣钱很慢，全靠代人做对子、写春联、给人看病积起来的。所以一直不够去北平的火车钱。有一天爸爸来信说，哥哥得了肾脏炎的病，哥哥写信给我，都用粉红色包药粉的纸，在上面用铅笔画成信纸的行数，又用童仙伯伯教他写的魏碑字体写了"松柏常青"四个空心字，再用毛笔在上面写信。信封也是粉红药纸黏的，我好喜欢。他说不能吃咸的，好想妈妈煮的鱼。他的病一直不好，童仙伯伯要去给他治病，外公说："如今他们新派的人都相信西医，你去也没用，不会吃你的药的。"不久，竟传来哥哥不治去世的噩耗，童仙伯伯沉痛地捏着我的手说："小春，你总知道你的命是我救的。我疼你哥哥跟疼你一样。我相信，如果我去给他治，一定会救得活他的。我为什么不去？为什么不去？"他哭，老师、阿荣伯伯哭，我也哭。妈妈伤心哭泣了好多天后说："这是天数，这孩子福分薄。"我才恍然，福分薄就是短命。我问童仙伯伯："你说人没有灵魂，那么哥哥去了就什么都没有了。"他流着眼泪说："小春，现在我反倒愿意相信人死后是有灵魂的。"

哥哥灵柩运回来，安置在一处哥哥和我常去玩的僻静山坳里，童仙伯伯作了一篇祭文，我和堂弟妹跪在湿漉漉的泥地上，听童仙伯伯悲哀的声调念祭文，虽不能完全听懂，可是他那种悲伤的调子，和以前替爸爸作别人的祭文是完全不一样的。我听着听着就大哭起来。纸灰被风吹起来，飘在童仙伯伯的青布袍上，阿荣伯伯的花白短发上。回来时，童仙伯伯牵着我的手，走高高低低的山路。走到一条溪边，溪水很急，我忽然感到胆怯，不敢从石头上跨过去，童仙伯伯竟放开了牵我的手说："小春，胆子大一点，自己跨过去。"我嗫嚅地说："我有点害怕。以前都是哥哥拉我过去的。"童仙伯伯说："现在没有哥哥牵你了，你得自己走，路无论怎样高低不平，总得自己走的呀！"我仰头望着他，他板着脸，从前喜乐的笑容一点也没有了。两道浓眉毛锁成一条线，我想起哥哥在他睡觉时顽皮地给他再加上两道眉毛的样子，越发悲伤起来。我边擦眼泪边慢慢地跨过一块块在急流溪水中的岩石，忽然觉得自己已经开始一个人走艰难的道路了。再回头看童仙伯伯，他还是呆呆地站着，好像离我很远很远的样子……

几十年来，每当我独行踽踽，举步艰难之时，抬头望去，恍惚中，总觉得童仙伯伯仍像从前一样远远地站在那儿。

第一次坐火车

我出生长大在简朴的农村，童年时与小朋友们的玩乐，只有在后院踢毽子，或在长廊里滚铁环。后院是长工伯伯晒谷子和干菜的地方，长廊是妈妈晾衣服的地方。我们常一不小心踩到谷子，或碰倒了竹竿，长工伯伯就会大声地喊："走开走开，到外面放风筝去。"可是放风筝要迎着风跑，不小心踩一脚的牛粪，害忙碌的妈妈又得为我洗脚换鞋袜。因此妈妈总是轻声轻气地对我说："小春呀，去后河边看小火轮吧，小火轮快到了。"但是，从我家到后河边要走一大段狭窄的田埂路，我胆子小，总要等阿荣伯忙完田里的事，才能带我去。

有一次，慈爱的阿荣伯牵着我的手，从青布围裙大兜里掏出一个暖烘烘的麦饼递给我，我边走边啃。小火轮"嘟嘟嘟"的汽笛声已经听得见了。我要快快地走，赶上小火轮靠岸时才好玩，阿荣伯说："不要急，小火轮慢得很，不比火车，火车才快呢！"一听说火车，我就跳着脚说："阿荣伯，我们去城里看火车好吗？"阿荣伯呵呵大笑说："傻姑娘，我们城里哪有火车？要先坐轮船到上海，才有火车，搭上火车就'隆隆隆'地一直坐到杭州了。"

上海、杭州，在我的小脑筋里，就像远在天边的神仙世界。爸爸老早答应要接妈妈和我到杭州，和亲爱的哥哥相聚，我就不只是一个人寂寞地踢毽子、放风筝了。

我把阿荣伯粗糙的手捏得紧紧的，心里想着"嘟嘟嘟"的火车，高兴地说："阿荣伯，我要爸爸也接你去杭州，我们一同坐火车，多好玩呀！"阿荣伯叹口气说："我老了，又是个乡下种田的，哪有福气坐火车呢？你将来到了外路，坐火车时，就多想想我牵着你的手，啃麦饼走田埂路的情形，写封信给我，画张火车的样子给我看看，就当我也坐过火车啦！"

我听着听着，竟然哭起来了。我明明是那么想坐火车，但因为阿荣伯说不能跟我一同去杭州，我舍不得他，就好像真的马上要和他分别了，心里好难过。

和阿荣伯分别的日子终于到来，爸爸派人来接妈妈和我去杭州。果然是先搭大轮船到上海，再坐火车到杭州。在轮船上望去大海茫茫一片，一点不好玩，风浪又大，妈妈和我都吐了。我心里想念阿荣伯，连火车都不想坐了，恨不得哥哥也回家乡，我们一同踢毽子、放风筝多快乐啊！

到了上海，在码头上。就看见爸爸牵着哥哥来接我们了。见到分别好几年、日夜思念的哥哥，我快乐得又跳又叫，但我又马上想起疼我的阿荣伯，就紧紧捏着哥哥的手，商量怎样央求爸爸，快点接阿荣伯到杭州，也让他尝尝坐火车的味道。哥哥说："坐火车真好玩，靠在车窗口，看外面的青山田野，房屋桥梁，都向后面飞过去似的。火车上的蛋炒饭好香，还有红茶加一片柠檬，好好喝啊！"听得我恨不得马上就坐上火车。

第二天，我们就真的坐上火车了，我日思夜想的梦境实现了。哥哥说："这是我第二次坐火车，你是第一次。"他点着我的鼻子尖说，"你这个乡下姑娘。"

爸爸和妈妈都沉默得彼此不说一句话，都把脸朝着窗外，也不知他们在想些什么。大人们真是怪怪的，我不去想他们的事，只顾同哥哥两人大声地抢着说话。

一会儿，服务员端来三盘蛋炒饭。哥哥和我合吃一盘。他说："饭里有火腿丁，好香。"我尝了一口说："没有妈妈炒的好吃，妈妈是喷了阿荣伯酿的红米酒的。"于是我就一五一十告诉哥哥，阿荣伯有多能干。田里的事，厨房里的事，都少不了他。他又会讲好多好多故事给妈妈和我听。哥哥说："到了杭州，马上写信告诉阿荣伯坐火车的情形。"爸爸说："过年时，我会接他到杭州玩一个月，你们可得好好跟老师读书哟！"

说起读书，哥哥马上就背了好几首唐诗给我听，听得我一愣一愣的。他又得意地说："老师不但教我读诗和古文，还教我读自然科学的书。我们现在坐的火车，就是运用蒸汽的力量推动机器的。"

说着说着，他就朗朗地念起一段课文来。我听不懂，他就一句一句解说给我听。直到如今，我仍记得牢牢的。他念道：

"煮沸釜中水，化气如烟腾。缩之不使泄，涨力千倍增。导之入广管，牵引运车轮。交通与工业。般般用其能。谁为发明者，瓦特即其人。"

哥哥说，"瓦特是一位了不起的科学家。他幼年时，就绝顶聪明，看见茶壶里的水滚了，蒸汽把盖子都顶开来，就知道蒸汽的力量很大，后来就发明了利用蒸汽，推动机器，造福人群。"

我听了好感动，也很佩服哥哥的学问真好。哥哥说："我将来也要做个发明家。"我呆呆地看着他，他脸瘦瘦的，手臂也细细的，我说："哥哥，你要当发明家，就要多吃饭，长胖点，才有力气发明东西呀。"他大笑说："你这个乡下姑娘，只知道吃饭，聪明的人是不多吃饭的，脑子才会灵活呀。"听得爸爸妈妈都笑了。

正说着，服务员端来两杯红茶，上面各漂着一片柠檬。盘子里两粒方糖。我们小孩子没有份。妈妈就把她的一杯给我们了。

柠檬红茶加上方糖，这是我梦想中的甜甜汤。高高的玻璃杯，浓浓的红茶，柠檬究竟是什么味道呢？我把鼻子凑上去闻闻，好香，忍不住先喝了一口，酸酸涩涩的。哥哥马上把方糖放进去，用茶匙调匀了，我俩一人一口轮流地，慢慢地品尝。哥哥说："这是你第一次坐火车，第一次喝柠檬茶，你这个乡下姑娘。"哥哥笑我是乡下姑娘，我一点不生气，我只要能见到新奇事物就好开心。

到了杭州，我们马上写信给阿荣伯。哥哥学问好，洋洋洒洒写了一大篇，详详细细告诉阿荣伯我们坐火车的情形。我说阿荣伯认不得多少字，别写太长了。我就在后面画了一列长长的火车，像一条正在爬行的蚕宝宝。

从那次坐火车以后，我就常常要求大人带我和哥哥去火车站看火车，听"嘟嘟嘟"的汽笛声。晚上睡觉以前，总要妈妈给我泡一杯柠檬红茶。妈妈说柠檬不像橘子，很难买得到，就用橘子皮代替。她说橘子皮更好，清肺补气的。爸爸觉得很有道理，竟然也喝起橘子皮红茶来了。

阿荣伯的回信来了。黄黄的粗纸上，画了一条大火轮，有汽笛，有门窗，窗子里伸出两个孩子的头，一定是哥哥和我吧！一个壮汉在船头把舵。边上写着："火轮火车一样好，橘子柠檬一样香，你们兄妹早点回家乡。"端端正正的字，我知道是他请唱鼓儿词的先生代写的。阿荣伯常请他代写家书给他侄子的。可是我看着念着，念着看着，想起阿荣伯牵我走田埂路去看小火轮的情景，就不禁眼泪汪汪的又要哭了。

在杭州的日子并不太快乐，因为爸爸很忙，他每天都去司令部办公，回来也少说话，总是很严肃的样子，连那次在火车上的笑容都再也没看到了。妈妈一天到晚静静地坐在房间里绣花。哥哥上学去了，我一个人好冷清。

不知为什么，爸爸忽然有一天不再去司令部办公，妈妈说他辞职了，而且要带哥哥去北京，命妈妈带我再回家乡。爸爸令出如山，我们活生生一对兄妹，又要被拆散了。这次我闷闷地坐在火车上，再也没心思看窗外的风景，也没心思吃蛋炒饭、喝柠檬红茶了，没有哥哥同我在一起，什么都不好玩了。我心中怨恼爸爸，又想念哥哥。

回到家乡以后，就哭着向慈爱的阿荣伯诉说，阿荣伯直摇头叹气说："就这么一对亲骨肉兄妹，总要团聚在一起才是呀！你那个军官爸爸也不知是怎么个想法。你妈妈也太豆腐性子了。"后来我才知道，爸爸竟讨了个姨娘，把她安顿在北京，妈妈知道了，才气得宁可回家乡。但她为什么让爸爸带走哥哥呢？大人的事，我真搞不明白。现在又硬生生地要和哥哥分手，我哭得连五脏六腑都倒转过来了，难道妈妈不伤心吗？

妈妈带我回到家乡以后，像是变了一个人，整天咬紧嘴唇，不再有说有笑。在厨房里忙碌时，再也不像以前边做事边唱"十送郎"、"千里送京娘"了。有时坐在佛堂里低声念经，有时会恍恍惚惚地对我说："小春，那年我们一家坐火车由上海到杭州，你跟你哥哥抢着吃蛋炒饭、喝红茶，我跟你爸爸看着你们笑，现在想想像是一场梦呢。不去想了，只要你哥哥好就好。"我已渐渐懂事，知道妈妈的心有多苦。只好忍下满眶泪水，不说一句话。

阿荣伯渐渐老了。我们再也没心思一同去后河边看小火轮到埠的情景了。唯一盼望的是哥哥的来信。火轮到时，好心的邮差会特地把信送到我家来的。可是哥哥的信越来越少，因为他病了，没有力气写信。盼着盼着，谁知最后盼到的竟是哥哥不幸去世的噩耗。我们母女和阿荣伯都哭得肝肠寸断。

死别生离，使妈妈一下子老了，我也一下子长大了。我深深体会到人心的多变，世事的无常。我只有默默陪伴忧伤的母亲，在佛堂里顶礼膜拜。看母亲两鬓苍苍，真担心她如何承受丧子之痛。

往事悠悠，回想我们兄妹会少离多，再也没想到那一回和哥哥同坐火车，是第一次，竟也是唯一的一次呢？

妈妈的手

　　忙完了一天的家务，感到手臂一阵阵的酸痛，靠在椅子里，一边看报，一边用右手捶着自己的左肩膀。儿子就坐在我身边，他全神贯注在电视的荧光幕上，何曾注意到我。我说："替我捶几下吧！"

　　"几下呢？"他问我。

　　"随你的便。"我生气地说。

　　"好，五十下，你得给我五毛钱。"

　　于是他双拳在我肩上像擂鼓似的，嘴里数着"一、二、三、四、五……"像放连珠炮，不到十秒钟，已满五十下，把手掌一伸："五毛钱。"

　　我是给呢，还是不给呢？笑骂他："你这样也值五毛钱吗？"他说："那就再加五十下，我就要去写功课了。"我说："免了、免了，五毛钱我也不能给你，我不要你觉得挣钱是这样容易的事。尤其是，给长辈做一点点事，不能老是要报酬。"

　　他噘着嘴走了。我叹了口气，想想这一代的孩子，再也不同于上一代了。要他们鞠躬如也地对长辈杖履追随，已经是不可能的事。所以，作为二十世纪七十年代的中老年人，第一是身体健康，吃得下，睡得着，做得动，跑得快，事事不要依仗小辈。不然的话，你会感到无限的孤单、寂寞、失望、悲哀。

我却又想起，自己当年可曾尽一日做儿女的孝心？

从我有记忆开始，母亲的一双手就是粗糙多骨的。她整日忙碌，从厨房忙到稻田，从父亲的一日三餐照顾到长工的"接力"。一双放大的小脚没有停过。手上满是裂痕，西风起了，裂痕张开红红的小嘴。那时哪来像现在主妇们用的"沙拉脱、新奇洗洁精"等等的中性去污剂，洗刷厨房用的是强烈的碱水，母亲在碱水里搓抹布，有时疼得皱下眉，却从不停止工作。洗刷完毕，喂完了猪，这才用木盆子打一盆滚烫的水，把双手浸在里面，浸好久好久，脸上挂着满足的笑，这就是她最大的享受。泡够了，拿起来，拉起青布围裙擦干。抹的可没有像现在这么讲究的化妆水、保养霜，她抹的是她认为最好的滋润膏——鸡油。然后坐在吱吱咯咯的竹椅里，就着菜油灯，眯起近视眼，看她的《花名宝卷》。这是她一天里最悠闲的时刻。微弱而摇晃的菜油灯，黄黄的纸片上细细麻麻的小字，就她来说实在是非常吃力，我有时问她："妈，你为什么不点洋油灯呢？"她摇摇头说："太贵了。"我又说："那你为什么不去爸爸书房里照着明亮的洋油灯看书呢？"她更摇摇头说："你爸爸和朋友们作诗谈学问。我只是看小书消遣，怎么好去打搅他们。"

她永远把最好的享受让给爸爸，给他安排最清静舒适的环境，自己在背地里忙个没完，从未听她发出一声怨言。有时，她真太累了，坐在板凳上，捶几下胳膊与双腿，然后叹口气对我说："小春，别尽在我跟前绕来绕去，快去读书吧。时间过得太快，你看妈一下子就已经老了，老得太快，想读点书已经来不及了。"

我就真的走开了，回到自己的书房里，照样看我的《红楼梦》《黛玉笔记》。老师不逼，绝不背《论语》《孟子》。我又何曾想到母亲勉励我的一番苦心，更何曾想到留在母亲身边，给她捶捶酸痛的手臂？

四十年岁月如梦一般消逝，浮现在泪光中的，是母亲憔悴的容颜与坚忍的眼神。今天，我也到了母亲那时的年龄，而处在高度工业化的现代，接触面是如此的广，生活是如此的匆忙，在多方面难以兼顾之下，便不免变得脾气暴躁，再也不会有母亲那样的容忍，终日和颜悦色对待家人了。

有一次，我在洗碗，儿子说："妈妈，你的手背上的筋一根根的，就像地图上的河流。"

他真会形容，我停下工作，摸摸手背，可不是一根根隆起，显得又瘦又老。这双手曾经是软软、细细、白白的，不知从什么时候开始，它变得这么难看了呢？也有朋友好心地劝我："用个女工吧，何必如此劳累呢？你知道吗？劳累是最容易催人老的啊！"可不是，我的手已经不像五年前、十年前了。抹上什么露什么霜也无法使它们丰润如少女的手了。不免想，为什么让自己老得这么快？为什么不雇个女工，给自己多点休息的时间，保养一下皮肤，让自己看起来年轻些。

可是，每当我在厨房炒菜，外子下班回来，一进门就夸一声："好香啊！"孩子放下书包，就跑进厨房喊："妈妈，今晚有什么好菜，我肚子饿得咕嘟嘟直叫。"我就把一盘热腾腾的菜捧上饭桌，看父子俩吃得如此津津有味，那一分满足与快乐，从心底涌上来，一双手再粗糙点，又算得了什么呢？

有一次，我切肉不小心割破了手，父子俩连忙为我敷药膏包扎。还为我轮流洗盘碗，我应该感到很满意了。想想母亲那时，一切都只有她一个人忙，割破手指，流再多的血，她也不会喊出声来。累累的刀痕，谁又注意到了？那些刀痕，不仅留在她手上，也戳在她心上，她难言的隐痛是我幼小的心灵所不能了解的。我还时常坐在泥地上撒赖啼哭，她总是把我抱起来，用脸贴着我满是眼泪鼻涕的脸，她的眼泪流得比我更多。母亲啊！我当时何曾懂得您为什么哭。

我生病，母亲用手揉着我火烫的额角，按摩我酸痛的四肢，我梦中都拉着她的手不放——那双粗糙而温柔的手啊！

如今，电视中出现各种洗衣机的广告，如果母亲还在世的话，她看见了"海龙"、"妈妈乐"等洗衣机，一按钮子，左旋转，右旋转，脱水，很快就可穿在身上。她一定会眯起近视眼笑着说："花样真多，今天的妈妈可真乐呢！"可是母亲是一位永不肯偷懒的勤劳女性，即使我买一台洗衣机给她，她一定连连摇手说："别买别买，按电钮究竟不及按人钮方便，机器哪抵得双手万能呢！"

可不是吗？万能的电脑，能像妈妈的手，炒出一盘色、香、味俱佳的菜吗？

桥头阿公

幼年时，常看见妈妈微微皱起眉头，自言自语，好像有什么疑难问题的样子，我就会喊："妈妈，您别发愁，我去请桥头阿公来商量。"妈妈就会高兴地说："对啊，你快去请桥头阿公来！"

桥头阿公是我们全村敬重的老爷爷，他住在一条竹桥那头的小镇上，大家都尊称他桥头阿公。

那时他大约六十多岁，走路飞快。手捏旱烟管，烟丝袋挂在腰带上荡来荡去。他来我家都是和阿公各人一把竹椅子，对坐在厨房外的走廊里说古道今。两位老人性格不同，外公一团和气，喜欢讲笑话逗人乐；桥头阿公却有点严肃，言笑不苟。他有个外号叫"单句讲"，意思是一句话吩咐出来，就令出如山，绝无更改。他是地方上的权威审判官，人人都敬畏他，有什么疑难纠纷，都要请他做裁决。他一声不响地先听大家说，抽完一筒旱烟，在石板地上"托托"地敲着烟灰，才开口说话。再复杂的纠纷，他三言两语就给判定了，大家都口服心服。外公也摸着胡须夸他："你到底是认得几个白眼字的桥头公，不像我这个只会啃番薯的山头公。"（白眼字是我家乡的土话，认得很少字的意思。）

妈妈听了就笑眯眯地说："桥头阿公，山头阿公，都像神仙伯伯一样，哪个人不喜欢、不敬重呢？"

我趴在外公怀里，啃着桥头阿公给我的炒米花糖，闻着他一口口喷出来的旱烟味，感到好温暖啊！

爸爸从北京回来，就恭恭敬敬地去给桥头阿公请安，接他到家里来吃丰盛的午餐。爸爸敬他一支加利克香烟，他摇摇头说："我不抽洋烟，乡下的烟丝才是去火气的。"爸爸给他斟一杯白兰地酒，说这是多年陈酒。他有点生气地说："喝什么白兰地？自己家酿的陈年老酒多香呀！"爸爸只好唯唯听命。我坐在外公身边，看神气的爸爸也得听桥头阿公的训，心里好高兴。妈妈站在一边，笑眯眯地说："洋酒与土酒，洋烟与土烟，各有味道，也像人一样，各有不同脾气吧！"

一点不错，我的山头阿公慈眉善目，笑口常开，可是"单句讲"的桥头阿公，却很少有笑容。我见了他也有点怕怕。但当我用心写字读书的时候，他也会走来摸摸我的头，从口袋里掏出一枚银角子给我说："存起来。"也是"单句讲"。我捏着那枚暖烘烘的银角子，仰脸望着桥头阿公，顿时觉得他也慈眉善目起来。

我渐渐长大以后，也渐渐懂得为什么桥头阿公这样受人敬重，实在是由于他温而厉的性格，正直不阿的做人原则。他为乡人排难解纷的智慧与魄力，令人由衷地钦佩。难怪像我父亲那样一个曾经叱咤风云、当过师长的人，都那么敬畏他呢！这使我记起两件事来：

有一次父亲忽然兴致起来了，命我捧着钓饵、提了水桶，跟他去门前河边钓鱼。他把大把的钓饵撒下去，然后垂下钓丝，一下子就钓起一条活蹦乱跳的鱼来，放进水桶里。我看鱼在水桶里惊慌的样子，心里有点不忍，就求父亲说："爸爸，我们把鱼放了好不好？"父亲生气地说："特地钓的鱼，为什么要放掉？"我就不敢作声了。乡人看见"师长"在钓鱼，只站着看一下就走了。因为这条河是没有人敢大把地撒钓饵的。正巧桥头阿公走过，立刻命令道："把鱼放回河里去，活生生的鱼，为什么要把它钓上来？这条河要保持清洁，不能撒钓饵的。"我觉得好奇怪，怎么"单句讲"的桥头阿公竟然会一口气说了那么多话，他一定是很生气吧。父亲被训得没了兴致，只好带我提了水桶回家了。过了好一会，父亲用低沉的声音说："桥头阿公的话是有道理的。河里的水，是供全村的人饮用的，应当保持清洁才对。"

　　如今想想，桥头阿公在那个时候就已经有环保意识了。而父亲的勇于认过，也给我留下深刻印象。

　　又有一回，桥头阿公看见我在竹桥上来回走着玩。他说："这条竹桥是两岸的通道，你在上面跳来跳去，不是挡住来往行人吗？"吓得我赶紧下来了。他却又说："你爱走桥，我带你去踩后山溪那条石丁步。来回踩几次，胆子就大了，脚步也稳了。"我只好战战兢兢地被他牵着手去踩石丁步。

　　所谓的"石丁步"，就是在急流的溪水上，排着大小高低不太平均的石块，乡下人往山里挑担子下来，不愿绕路去走那条摇摇晃晃的竹桥，都走这条石丁步，很快就可到镇上了。他们穿着草鞋，踩石丁步健步如飞。而我一跨上那斜斜的石块，腿就发软。桥头阿公说："这才是真正走桥，一步步跨过去。眼望前看，心不要慌，脚步就稳了。"我只好紧紧捏着他的手臂，一步步地跨过去，心里虽然害怕，却也走完了一条石丁步，胆子马上壮了不少。我放开桥头阿公的手臂，自己再试走一遍。心不跳了，脚步也稳多了。

回来得意地告诉母亲说："妈妈，我会踩石丁步了。是桥头阿公带我踩的。"母亲高兴地说："是应当多练练胆子的。做一个人，一生一世不知要走多少条桥，过一条桥就到一个新的地方，多开心呀！你要牢牢记住桥头阿公是怎样教你踩丁步的，丁步比桥难走多了。"

到今天，我仍记得桥头阿公那只扶着我的稳健手臂，和带我踩丁步的高兴神情。他教了我许许多多道理，他并不是严肃的"单句讲"，而是一位跟外公一样慈爱的爷爷。

友　情

　　我心中总有一对金手镯,一只套在我自己手上,一只套在阿月手上,那是母亲为我们套上的。

玻璃珠项链

　　琳琳和珍珍是五年级的同班同学，她们高矮相同，脸都是圆团团胖嘟嘟的，位置又刚好是前后排坐在一起。因此她俩总是手牵手同进同出，感情愈来愈好。同学们都说她俩就像是一对双胞胎。她们自己觉得彼此息息相关，情同手足。于是就相约，一定要有福同享，有难同当。有什么吃的、玩的，都要两人分享。同学们都羡慕地称赞她俩手足情深，连老师都夸她们是班上一对可爱的双胞胎。

　　有一天，琳琳的妈妈给琳琳买了一串水晶玻璃的项链。琳琳把它带到学校里向同学们献宝。下课休息的时候，每一个同学都试着在脖子上挂一下，荡来荡去过过瘾。轮到珍珍挂上的时候，她对琳琳说："明天星期六晚上，妈妈要带我去看戏，你把这串项链借我戴上，和戏台上的亮晶晶花旦比一比，看哪个漂亮。"

　　琳琳迟疑了一下说："不行吧，明天晚上妈妈也要带我去参加喜宴，我一定要戴这串项链的呀。"

　　珍珍说："那就算了。"可是她心里有点不太高兴，想起上一个星期，自己刚刚把一个别出心裁，用金银丝线编结出来的别针送给琳琳，现在向她借一下珠链都舍不得，还说什么手足情深，有福同享呢？

在上算术课时，琳琳有一道题写错了几个数字，在书包里找不到橡皮擦，就向珍珍借用一下。珍珍的橡皮擦是新买的，红绿蓝三色，非常漂亮，放在铅笔盒里很醒目，可是当琳琳向她借用的时候。她却说："我不借你，因为我现在就要用。"说着就拿起橡皮擦来使劲地擦。

琳琳说："好小气啊，橡皮擦都舍不得借一下。"珍珍马上说："你才小气呢，珠链子不舍得借一下。"琳琳说："我是自己真的要戴呀。"珍珍说："我也是自己真正要擦呀。"

再也没有想到，这一对好朋友会为这一点小事不开心了。放学时，她们没有手牵手地走出校门，同学们都觉得好奇怪。

第二天上学时，她们心里都很后悔，闭着嘴，同学们都好替她们着急。

下午的唱游课，老师要同学表演一个节目，是临时自编自演的。老师看出琳琳和珍珍今天神情有点不对，就故意点了她们俩，再加上另一个同学，她是班长，三人同演一出短剧。班长比较老练，演妈妈，在扫地，琳琳、珍珍演两姊妹，珍珍就在书桌上写字，抬头喊道："妈，我好饿啊，有什么吃的没有？"琳琳在地板上看画报，一声不响。她心想，我就一直不作声，演哑剧好了。演妈妈的问："去厨房里看看有什么吃的！"珍珍站起来跑到自己座位的书包里，拿了两块饼干，自己吃一块，递给琳琳一块说："琳琳，吃饼干。"琳琳感到很不好意思，又感激地接过来说："谢谢你，珍珍姐姐。"演妈妈的说："琳琳这几天有点无精打采，你陪她练练钢琴吧！"一提起钢琴，琳琳就好难过，因为她感到自己没有音乐细胞，老师总是责备她。于是她生气地说："我最讨厌钢琴，我才不要练呢！"她眼睛瞪着珍珍，仿佛珍珍就是钢琴老师。没想到珍珍却和蔼地说："琳琳，不要生气嘛，来，我陪你一起弹，就弹那首我们都很熟的《Long Long Ago》好吗？"

她们走到教室的钢琴边，并排儿坐下来，一同弹出她们最喜最熟的那首曲子来。弹完一首，琳琳跑到座位上，从书包里取出一样东西，对珍珍说："你闭上眼睛，伸出双手，我送你一样东西。"珍珍伸出手，感到手心里落入一样沉甸甸光滑滑的东西，睁眼一看，那不是琳琳的玻璃珠项链吗！琳琳问："珍珍，你喜欢吗？"珍珍说："我当然喜欢啦，可是，这是演戏吧。"琳琳说："不是演戏，我真的把它送给你，我们是真的手足情深呀。"珍珍马上跑去拿了三色橡皮擦给琳琳说："这是给你的。"

全班同学都拍起手来，老师弹起钢琴，带领大家合唱："兄弟姊妹，如足如手，欢乐同享，患难同当。相亲相爱，如足如手……"

琳琳和珍珍都感动得掉下泪来。同学们一齐涌上来，围着她们，因为她们言归于好的快乐，深深感染了大家。

放学时，琳琳和珍珍又手牵手，一同走出校门。琳琳有点羞涩地对珍珍说："我真羡慕你弹琴的手指那么灵活，就像小鸟儿在琴键上跳舞似的。我好生气自己的手指那么僵硬，今天若不是你陪我弹，我一定弹不好。"

"你的手指一点也不僵硬，我们的手指都是小麻雀儿，一同跳跃得好开心啊！"珍珍把琳琳的手捏得紧紧地，又亲昵地喊了一声："琳琳！这串玻璃珠项链，是我们两个人的，有时你戴，有时我戴，我们连在一起，永远不分离。"她们的两只小手儿捏得更紧了。

遥远的友情

今天我又收到凯蒂的来信，长长的一封，她好高兴我寄给她的风铃。她已将它挂在新开张的店门前，听它迎风所发的叮叮之音，告诉每一位顾客，这是台湾友人寄来的。凯蒂(Kitty Bliley)是我四年前访美时坐在华府一座博物馆门前休息，所邂逅的三个美国年轻女孩之一。当时我穿的是旗袍，她们频频向我投来陌生而友善的眼光，我呢，怀着到处交朋友的开放的心，主动找她们说话，问长问短，我们足足谈了一个多钟头，还请过路的人替我们合拍了一张照，请她们留下地址才分手。

回来以后，洗出照片，却找不到那本临时记地址的小本子，无法将照片寄去。这一段雪泥鸿爪式的友情就此中断，心中不免怅然。时光匆匆已四年，今春整理杂物，忽然发现那小本子，喜出望外，马上提笔给她们写信，再将照片寄去，只是抱着试试看的心情，时隔好几年，也许她们已迁移，或早已忘掉我这个"惊鸿一瞥"的东方访客了。意外地，凯蒂的回信很快来了。她说如不是照片的话，几乎想不起我是谁。但她好高兴能和来自台湾的朋友通信，她告诉我另外两位女孩已结婚迁居，可能也会给我回信。她在一个杂货店工作，不打算再念大学，积蓄点钱就要结婚了。她很细心，怕我认不清，特地用印刷体正楷写字，笔迹娟秀，辞意诚恳，我好高兴又联系上了一个异地友人。从她们的书信中，可以了解她们的生活方式、思想、感情，和她对我们东方人的看法，我也获得充分的机会，可以向她们详细介绍自己所在地方的民情风俗，尤其是这些年来的建设情形。我尽可能地把有关历史文化的简介，以及历次参观得来的资料邮寄给她们，虽然花了不少邮费，可是内心喜慰莫可名状，因为我感到自己尽了做朋友、做公民应尽的责任，感到自己当年不虚此行，更感到"海内存知己，天涯若比邻"的真正意义。

过去常听人说，美国人最会表现热情，一分手就完了。那年访美以后，我所得的印象却不是如此。美国人，无论男女老少，都很坦诚热心，而且并不是一分手就完，只要你有耐心与他们继续保持联系，他们一定是有信必回。因为他们重视人际关系，他们喜欢朋友，也充满了对异地的好奇心，他们也十二分希望你能多了解他们的一切，所以只要你有勇气，尽管以辞不能完全达意的文字，转弯抹角地向他们话家常，他们的书信就会源源不断而来，岂止书信，我每年圣诞以及生日所收到的精致小礼物都不知多少。水晶玻璃的小摆饰，艺术馆的名画年历，亲手编的毛线小饰物、靠垫等等，不一而足。他们常常寄来全家福照片，连我抱过的小狗小猫都不会遗漏。自然，我也给他们寄去好多东西，竹编小花篮、小虾、台湾绿玉、彩色大理石小花瓶、彩色丝线粽子、小小绣花鞋、钩花毛背心……每一件都花心思选择，至少得带给他们一分东方或台湾的特色，和着一分浓厚的友情寄出。有一次我收到爱荷华农庄一位友人的照片，她们八个朋友把八枚我送她们的绿玉镶成戒指，戴在手上，摆在一起，拍了照片给我，背面写着："你的手也和我们相握一起。"看了真叫人欣慰。

若说农村妇女较重友谊而大都市的就不相同，倒也不尽然。我在纽约认识的一位名玛琍的女士，她酷爱中国文化，与我谈得非常投机，她总不忘给我来信，告诉我又看了多少中国艺术品，接触到多少有学问的中国人。告诉我她的小花园中有一处花木扶疏。下有一块大石，她称谓东坡石，希望我快去坐坐谈心。她最近寄给我四篇读中国画的文章，对竹子、兰花、淡墨山水都有独到的领悟，完全是老庄清静无为、返璞归真的境界。例如她评述一幅疏淡的花卉说："疏阔之处正予人以充实之感。"（此四篇文章我打算译出以飨同好。）我们彼此的感情思想极为沟通。从通信中，我学了好多英文，也偶尔介绍她们简单的中文。例如纪念品上的中文字，复制品画上的题词或诗句，我都以英文译出，即使不妥帖，至少也让她们知道大概。

别以为美国的青年男女都是吃迷幻药、乱交朋友、终年闲荡无所事事的嬉痞型。那是电影中典型化了的人物，不足以代表全部。即以凯蒂来说，就是个非常自爱、努力向上、爱家庭重友情的好女孩。她寄给我一张和她男友合拍的照片，也要我寄给她一张合家欢。她男友留着长发，她不好意思地说他头发太长不好看，现在已剪短了。她生怕我看了不顺眼，殊不知台湾的男孩，长发之风并不亚于他们呢。

想想真是高兴，偶然间的萍水相逢，却由于彼此一个微笑，一个点头，就交上了朋友。记得有一次从纽约去华府的火车上（我喜欢试每一种交通工具，特将机票退去，改搭火车），与一位端庄的中年妇女邻座。看她和蔼可亲，交谈后知道她是为盲人学校编点字教材的老师，不用说是位充满爱心的人。我送她一个鱼骨别针，她也送我一支随身携带的圆珠笔。并在我小本上写下"Happy train mate to Philadelphia"签上"Evelyn Thomson"的名字。在洛城，接待我的是笔会洛城分会的女秘书 Mrs.Burns Colette。她是一位细心体贴的老太太，她开车接我去吃饭时，迫切地问了我好多关于台湾女性作家的生活情形，我一一作答时，她却又抱歉地说："我应当等到朋友们都到齐时再问你，免得你再说一遍太累了。"她真是谦和体贴。我回来后，她每回收到笔会给她们寄的刊物时，都来信问我谈到读文章的感想。真正的是"以文会友"，心中十分欣喜。

我非常珍惜这份遥远的友情。称谓"遥远"，是有着时间与空间双重意义的。因为这些友人，虽只萍踪一面，此生是否能再见都很难说。而在如此忙碌中，数年来音问不绝，确属不易，可见忙碌的现代人并不个个都是六亲不认的。记得有一篇英文文章中说："Reach out, take the initiative in friendship."人应主动地去发掘友情，就不会有所谓的"疏离"之感了。

世界之所以可爱，就是人与人之间，可以坦诚相向；心灵得以沟通。这也就是人性的可贵之处。

一对金手镯

　　我心中一直有一对手镯，是软软的十足赤金的，一只在我自己手腕上，另一只套在一位异姓却亲如同胞姊姊的手腕上。

　　她是我乳娘的女儿阿月，和我同年同月生，她是月半，我是月底，所以她就取名阿月。母亲告诉我说：周岁前后，这一对"双胞胎"就被拥抱在同一位慈母怀中，挥舞着四只小拳头，对踢着两双小胖腿，吮吸丰富的乳汁。是因为母亲没有奶水，把我托付给三十里外邻村的乳娘，吃奶以外，每天一人半个咸鸭蛋，一大碗厚粥，长得又黑又胖。一岁半以后，伯母坚持把我抱回来，不久就随母亲被接到杭州。这一对"双胞姊妹"就此分了手。临行时，母亲把舅母送我的一对金手镯取出来，一只套在阿月手上，一只套在我手上，母亲说："两姊妹都长命百岁。"

　　到了杭州，大伯看我像块黑炭团，塌鼻梁加上斗鸡眼，问伯母是不是错把乳娘的女儿抱回来了。伯母生气地说："她亲娘隔半个月都去看她一次，怎么会错？谁舍得把亲生女儿给了别人？"母亲解释说："小东西天天坐在泥地里吹风晒太阳，怎么不黑？斗鸡眼嘛，一定是两个对坐着，白天看公鸡打架，晚上看菜油灯花，把眼睛看斗了，阿月也是斗的呀。"说得大家都笑了。我渐渐长大，皮肤不那么黑了，眼睛也不斗了，伯母得意地说："女大十八变，说不定将来还会变观音面哩。"可是我究竟是我还是阿月，仍常常被伯母和母亲当笑话谈论着。每回一说起，我就吵着要回家乡看双胞姊姊阿月。

七岁时，母亲带我回家乡，第一件事就是去看阿月，把我们两个人谁是谁搞个清楚。乳娘一见我，眼泪扑簌簌直掉，我心里纳闷，你为什么哭，难道我真是你的女儿吗？我和阿月各自依在母亲怀中，远远地对望着，彼此都完全不认识了。我把她从头看到脚，觉得她没我穿得漂亮，皮肤比我黑，鼻子比我还扁，只是一双眼睛比我大，直瞪着我看。乳娘过来抱我，问我记不记得吃奶的事，还絮絮叨叨说了好多话，我都记不得了。那时心里只有一个疑团，一定要直接跟阿月讲。吃了鸡蛋粉丝，两个人不再那么陌生了，阿月拉着我到后门外矮墙头坐下来。她摸摸我的粗辫子说："你的头发好乌啊。"我也摸摸她细细黄黄的辫子说："你的辫子像泥鳅。"她啜了下嘴说："我没有生发油抹呀。"我连忙从口袋里摸出个小小瓶子递给她说："呶，给你，香水精。"她问："是抹头发的吗？"我说："头发、脸上、手上都抹，好香啊。"她笑了，她的门牙也掉了两颗，跟我一样。我顿时高兴起来，拉着她的手说："阿月，妈妈常说我们两个换错了，你是我，我是你。"她愣愣地说："你说什么我不懂。"我说："我们一对不是像双胞吗？大妈和乳娘都搞不清谁是谁了，也许你应当到我家去。"她呆了好半天，忽然大声地喊：

"你胡说，你胡说，我不跟你玩了。"就掉头飞奔而去，把我丢在后门外，我骇得哭起来了。母亲跑来带我进去，怪我做客人怎么跟姊姊吵架，我愈想愈伤心，哭得抽抽噎噎地说不出话来。乳娘也怪阿月，并说："你看小春如今是官家小姐了，多斯文呀。"听她这么说，我心里好急，我不要做官家小姐，我只要跟阿月好。阿月鼓着腮，还是好生气的样子。母亲把她和我都拉到怀里，捏捏阿月的胖手，她手上戴的是一只银镯子，我戴的是一对金手镯，母亲从我手上脱下一只，套在阿月手上说："你们是亲姊妹，这对金手镯，还是一人一只。"我当然已经不记得第一对金手镯了。乳娘说："以前那只金手镯，我收起来等她出嫁时给她戴。"阿月低下头，摸摸金手镯，它撞着银手镯叮叮作响，乳娘从蓝衫里面掏了半天，掏出一个黑布包，打开取出一块亮晃晃的银元，递给我说："小春，乳娘给你买糖吃。"我接在手心里，还是暖烘烘的，眼睛看着阿月，阿月忽然笑了。我好开心，两个人再手牵手出去玩，我再也不敢提"两个人搞错"那句话了。

我在家乡待到十二岁才再去杭州，但和阿月却并不能时常在一起玩。一来因为路远，二来她要帮妈妈种田、砍柴、挑水、喂猪，做好多好多的事，而我天天要背古文，《论语》《孟子》，不能自由自在地跑去找阿月玩。不过逢年过节，不是她来就是我去。我们两个肚子都吃得鼓鼓的跟蜜蜂似的，彼此互赠了好多礼物，她送我用花布包着树枝的坑姑娘（乡下女孩子自制的玩偶）、小溪里捡来均匀的圆卵石、细竹枝编的戒指与项圈。我送她大英牌香烟盒、水钻发夹、印花手帕，她教我用指甲花捣出汁来染指甲。两个人难得在一起，真是玩不厌的玩，说不完的说。可是我一回到杭州以后，彼此就断了音信。她不认得字，不会写信。我有了新同学也就很少想到她。有一次听英文老师讲马克·吐温的双胞弟弟掉在水里淹死了，马克·吐温说："淹死的不知是我还是弟弟。"全课堂都笑了。我忽然想起阿月来，写封信给她也没有回音。分开太久，是不容易一直记挂着一个人的。但每当整理抽屉，看见阿月送我的那些小玩意时，心里就有点怅怅惘惘的。年纪一天天长大，尤其自己没有年龄接近的姊妹，就不由得时时想起她来。母亲那时早已一个人回到故乡，过着寂寞幽居的生活。我十八岁重回故乡，母亲双鬓已斑，乳娘更显得白发苍颜。乳娘紧握我双手，她的手是那么的粗糙，那么的温暖。她眼中泪水又涔涔滚落，只是喃喃地说："回来了好，回来了好，总算我还能看到你。"我鼻子一酸，也忍不住哭了。阿月早已远嫁，正值农忙，不能马上来看我。十多天后，我才见到渴望中的阿月。她背上背一个孩子，怀中抱一个孩子，一袭花布衫裤，像泥鳅似的辫子已经翘翘地盘在后脑。原来十八岁的女孩已经是两个孩子的母亲了。我一眼看见她左手腕上戴着那只金手镯。而我却嫌土气没有戴，心里很惭愧。她竟喊了我一声："大小姐，多年不见了。"我连忙说："我们是姊妹，你怎么喊我大小姐？"乳娘说："长大了要有规矩。"我说："我们不一样，我们是吃您奶长大的。"乳娘说："阿月的命没你好，她十四岁就做了养媳妇，如今都是两个女儿的娘了。只巴望她肚子争气，快快生个儿子。"我听了心里好难过，不知怎么回答才好，只得说请她们随我母亲一同去杭州玩。乳娘连连摇头说："种田人家哪里走得开？也没这笔盘缠呀！"我回头看看母亲，母亲叹口气，也摇了下头，原来连母亲自己也不想再去杭州，我感到一阵茫然。

当晚我和阿月并肩躺在大床上，把两个孩子放在当中。我们一面拍着孩子，一面琐琐屑屑地聊着别后的情形。她讲起婆婆嫌她只会生女儿就掉眼泪，讲起丈夫，倒露出一脸含情脉脉的娇羞，真祝望她婚姻美满。我也讲学校里一些有趣顽皮的故事给她听，她有时咯咯地笑，有时眨着一双大眼睛出神，好像没听进去。我忽然觉得我们虽然靠得那么近，却完全生活在两个世界里。我们不可能再像第一次回家乡时那样一同玩乐了。我跟她说话的时候，都得想一些比较普通，不那么文绉绉的字眼来说，不能像同学一样，嘻嘻哈哈，说什么马上就懂。我呆呆地看着她的金手镯，在橙黄的菜油灯光里微微闪着亮光。她爱惜地摸了下手镯，自言自语着："这只手镯，是你小时回来那次，太太给我的。周岁给的那只已经卖掉了。因为爸爸生病，没钱买药。"她说的太太指的是我母亲。我听她这样称呼，觉得我们之间的距离又远了，只是呆呆地望着她没作声。她又说："爸爸还是救不活，那时你已去了杭州，只想告诉你却不会写信。"他爸爸什么样子，我一点印象都没有，只是替阿月难过。我问她："你为什么这么早就出嫁？"她笑了笑说："不是出嫁，是我妈叫我过去的。公公婆婆借钱给妈做坟，婆婆看我还会帮着做事，就要了我。"说这些话的时候，她的眼睛一直是半开半闭的，好像在讲一个故事。过了一会儿，她睁开眼来，看看我的手说："你的那只金手镯呢？为什么不戴？"我有点愧赧，讪讪地说："收着呢，因为上学不能戴，也就不戴了。"她叹了口气说："你真命好去上学，我是个乡下女人。妈说得一点不错，一个人注下的命，就像钉下的秤，一点没得反悔的。"我说："命好不好是由自己争的。"她说："怎么跟命争呢？"她神情有点黯淡，却仍旧笑嘻嘻的。我想如果不是我一同吃她母亲的奶，她也不会有这种比较的心理，所以还是别把这一类的话跟她说得太多，免得她知道太多了，以后心里会不快乐的。人生的际遇各自不同，我们虽同在一个怀抱中吃奶，我却因家庭背景不同，有机会受教育。她呢？能安安分分、快快乐乐地做个孝顺媳妇、勤劳妻子、生儿育女的慈爱母亲，就是她一生的幸福了。我虽知道和她生活环境距离将日益遥远，但我们的心还是紧紧靠在一起，彼此相通的。因为我们是"双胞姊妹"，我们吮吸过同一位母亲的乳汁，我们的身体里流着相同成分的血液，我们承受的是同等的爱。想着这些，我忽然止不住泪水纷纷地滚落。因为我即将回到杭州续学，虽然有许多同学，却没有一个曾经拳头碰拳头、脚碰脚的同胞姊妹。可是我又有什么能力接阿月母女到杭州同住呢？

婴儿啼哭了，阿月把她抱在怀里，解开大襟给她喂奶。一手轻轻拍着，眼睛全心全意地注视着婴儿，一脸满足的神情。我真难以相信，眼前这个比我只大半个月的少女，曾几何时，已经是一位完完全全成熟的母亲。而我呢？除了啃书本，就只会跟母亲闹别扭，跟自己生气，我感到满心的惭愧。

阿月已很疲倦，拍着孩子睡着了。乡下没有电灯，屋子里暗洞洞的。只有床边菜油灯微弱的灯花摇曳着，照着阿月手腕上黄澄澄的金手镯。我想起母亲常常说的，两个孩子对着灯花把眼睛看斗了的笑话，也想起小时回故乡，母亲把我手上一只金手镯脱下，套在阿月手上时慈祥的神情，真觉得我和阿月是紧紧扣在一起的。我望着菜油灯灯盏里两根灯草芯，紧紧靠在一起，一同吸着油，燃出一朵灯花，无论多么微小，也是一朵完整的灯花。我觉得我和阿月正是那朵灯花，持久地散发着温和的光和热。

阿月第二天就带着孩子匆匆回去了。仍旧背上背着大的，怀里搂着小的，一个小小的妇人，显得那么坚强那么能负重任。我摸摸两个孩子的脸，大的向我咧嘴一笑，婴儿睡得好甜，我把脸颊亲过去，一股子奶香，陡然使我感到自己也长大了。我说："阿月，等我大学毕业，做事挣了钱，一定接你去杭州玩一趟。"阿月笑笑，大眼睛润湿了。母亲忽然想起一件事来，急急跑上楼，取来一样东西，原来是一个小小的银质铃铛，她用一段红头绳把它系在婴儿手臂上。说："这是小春小时候戴的，给她吧！等你生了儿子，再给你打个金锁片。"母亲永远是那般仁慈、细心。

我再回到杭州以后，就不时取出金手镯，套在手臂上对着镜子看一回，又取下来收在盒子里。这时候，金手镯对我来说，已不仅仅是一件纪念物，而是紧紧扣住我和阿月这一对"双胞姊妹"的一样摸得着、看得见的东西。我怎么能不宝爱它呢？

可是战时肄业大学，学费无着，以及毕业后的转徙流离，为了生活，万不得已中，金手镯竟被我一分分、一钱钱地剪去变卖，化作金钱救急。到台湾之初，我花去了金手镯的最后一钱，记得当我拿到银楼去换现款的时候，竟是一点感触也没有，难道是离乱丧亡，已使此心麻木不仁了？

与阿月一别已将半个世纪，母亲去世已三十五年，乳娘想亦不在人间，金手镯也化为乌有了。可是年光老去，忘不掉的是点滴旧事，忘不掉的是梦寐中的亲人。阿月，她现在究竟在哪里？她过的是什么样的日子呢？她的孩子又怎样了呢？她那只金手镯还能戴在手上吗？

但是，无论如何，我心中总有一对金手镯，一只套在我自己手上，一只套在阿月手上，那是母亲为我们套上的。

五个孩子的母亲

　　我认识一对姓史密斯的美国老年夫妇。他们健康、快乐，活力非常充沛。史密斯先生原是位中学老师，已经退休好几年了。他说话缓慢而清楚，却非常风趣。他喜欢讲故事，又会做很多种游戏，变很多种戏法。单是扑克牌，他就玩了很多种魔术给我看。我这个笨脑筋，居然也跟他学会了几样简单的戏法。他还教我一个加减乘除的猜谜法，把我这个算术最差的人搞得糊里糊涂的。但是学会以后，却是屡试屡验，回来后偶然表演一下，也增加群居生活的不少情趣。为了报答他，我也把小时候从外公那儿学来的几套土把戏教给他，他大为高兴起来，彼此都有相见恨晚之慨。

　　他说，当老师的，一定要懂得轻松之道，要会说笑话，要会耍点小小的魔术，化教室为剧场，上课才快乐。否则，孩子们就会笨得像牛，你自己也会气得像怒吼的狮子，结果必然是两败俱伤。他那套"游戏人生"的恬然道理，岂止是可以运用在课堂里呢？

　　史密斯太太是个心宽体胖的女人，口若悬河，热心好客。那天她来接我去她家晚餐，要经过一段高速公路。她一边跟我上天下地地聊着，一边开着"飞快车"。我有点害怕，她说："你放心，车子如同我的肢体一般，操纵时根本不必用脑筋。"我问她有几个儿女，她把手掌一伸，得意地说："五个。"我"哇"了一声，表示惊叹。她大笑说："你不要吃惊。事实上我只有一个儿子，老早已经搬出去单独住了，我一点也不用挂心他。现在的五个孩子，是我的五条狗。"我又"哇"了一声。她再度哈哈大笑起来，完全像个天真的孩子。我是个爱狗的人，当然急乎乎想见到她的五个"犬子"。

车子一到她家门口，五条狗一齐飞奔而出，又跳又叫，做出各种欢迎的亲昵神态。她一只只地拥抱亲吻，凯蒂、吉米、玛丽……喊着各种的名字，然后在提包里取出甜饼，喂到它们的嘴里。看她那份欢乐，有胜于含饴弄孙的祖母。

端出咖啡与点心后，史密斯先生说："我来奏钢琴名曲给你听。"就在抽屉中取出一个圆筒筒，里面是一卷白色纸轴，纸轴上是密密麻麻的细方小孔。他说："这就是曲子。"我怎么会懂呢？也不知他是怎么样把这卷纸轴装进钢琴里的，只听得音乐已"叮叮咚咚"地奏起来。史密斯先生却走回来坐在我对面了，我一看钢琴就像有隐形人在弹奏似的，琴键自动地上下跳跃着，看得我目瞪口呆。更有趣的是那五只狗，音乐一起，就乖乖一字儿排行地端坐下来，全神贯注地歪着头听起音乐来了，真是一个奇妙的神仙家庭呢。

我问史密斯先生这是怎样一种魔术呢？他说："这就好比现代的录音带。轴上的小孔就是音符。轴转动时，不同的小孔，带动不同的琴键，叩在琴弦上，发出声音，就是一支曲子。"这是非常古老的一种录音方式。但我觉得比起现代技法，尤为神奇生动。这使我想起第一次应邀访美时，在一个热心款待我的美国家庭中，他们取出一架老古董的留声机，放音乐给我听。唱盘上全是如齿的细针排列着。盘一转，细针带动弹簧发出音乐。他们告诉我那是老祖母留下的传家宝。可见人类愈是面对方便进步的现代文明，愈是怀念旧日，宝爱老古董。

一曲完毕以后，史密斯太太兴高采烈地捧出一大叠相本说："再让你欣赏另一种古董吧。"那厚厚的相片本，都是他们年轻时代的照片，和孩子幼年以及逐渐长大中的照片。她指着每一张，都像有说不完的故事。她丈夫在一旁幽默地说："你简单点讲吧，你的故事太长，吓得我们的客人没有勇气再来了。"

对着眼前的胖太太，我再不能相信她少女时代会是那么一位窈窕淑女。可见美国中年妇女要控制体重，保持身材，是得付出很大努力的。在他们的新婚照片中，新郎也是英俊挺拔，与眼前这位白发皤然的老人相比，真令人有梦境恍惚之感呢。

可是看他们对逝去的青春，这般地欣赏，对老来的相依相守如此地欣慰，使我深深领悟，夫妻情爱弥坚真是人间无上幸福，其他的都无足计较了。

史密斯太太指着一张张不同的少女照片说："你看，她们都是我儿子的女朋友，几乎一年或几个月就换一个新的，他们同居一阵子，不高兴就分手了。"

"你为他的婚姻心焦吗？"我忍不住问。

"我才不呢。"她洒脱地说，"倒是每个女孩子我都很喜欢。我觉得他的运气真好，好女孩子都被他碰上了。"

"我当年运气就不大好，碰上了你却没勇气再换了。"她丈夫插嘴道。

"如果你也像你儿子那样，我当年倒是真要考虑是不是嫁给你呢。"太太对丈夫，真是愈看愈满意的样子。

我们在谈天时，五只狗一直围绕在身边，女主人拍拍其中傻乎乎的一只说："有一天，它忽然不见了，我真是好急。到处贴条子请仁人君子见到了千万送还我，我也登了'寻狗启事'。儿子讥笑我爱狗远胜过爱他呢。"她一口饮尽咖啡，又继续说："有一次，我尽心尽意地做了他最爱吃的甜饼，老远开车去看他。他一面啃甜饼，一面说：'你怎么放心把五个宝贝孩子放在家里，跑来看我呢？'你瞧他，对狗儿都吃起醋来了。"

"可见得他是多么重视你对他的爱。"

她又满足地仰脸笑起来。

在温暖柔和的灯光里，我看出她脸上的神情，确乎是很欣慰的。美国的老年人，只要身体健康，能吃能玩，都会自寻乐趣。对长大后的儿女，根本没有存承欢膝下的念头。台湾现代的中国家庭，有几个儿女能存有反哺之心呢？即使勉强住在一起，又有几家不是貌合神离呢？

我看看史密斯太太，这位拥有五个狗孩子的母亲，加上一位风趣横溢的老伴儿丈夫，她实在是非常满足快乐的。至于儿子是否娶亲，将来的儿媳是怎样一个女孩，她是绝不会像中国老母亲那么牵肠挂肚的。

载不动的友情

收到你沉甸甸的信，连忙拆开来，里面是一大叠小猫书签和你们毕业旅行的团体照，你叫我猜哪个是你，我一眼望去，每一张充满健康快乐纯朴的脸都是你，我简直分不出来，你们每一个都太可爱了。我迫不及待地翻到后面，写着左第三个是你，你居然在全体同学中照得最大(也许站得离镜头较近的关系)，现在我已认识我的小朋友小娟了。同时在我眼里，你们这一群同学，我好像本来就认识似的。也好像我就在和你们一起玩，一起拍照，这也许就是所谓的投缘吧。因为我教书好多年，从小学、初中、高中，那一群群的小朋友啊，真使我好怀念，因此看到你们的照片，就像和所有的朋友又聚在一起了。对了，你说等我回台，去了台中，你们已计划好怎么陪我玩，不知会有多快乐。我要讲好多中学时代的有趣事儿给你们听，我们的淘气捣蛋以及许多惊心动魄之事会叫你们笑弯腰。还有内地的明山秀水都是你们梦寐向往的，我都会把到过的地方形容给你们听。

你说最近你妈妈常常谈起黑龙江老家，她说"那真是一片肥沃土地"。你说真希望有一天回到老家，要在黑龙江上溜冰，在长白山上赏雪，还要邀请我去玩。我真是感动。我可以想象得到你妈妈，一位到了中年的人，久别家乡——一个多么想回去而不能回去的地方——是多么的怀念啊。我也正是同样的心情，所以我为什么老是写故乡与童年，也是一种无可奈何的心情。黑龙江，不知道会有多壮丽、多辽阔，可惜我足迹只限于小小的江南几县，连大后方重庆、桂林等山水甲天下的地方都没去过，真是虚度此生了。你们正是灿烂人生的开始，待得河清之日，一定可以遍游大陆的名山大川了。

　　清明节，你和妈妈去庙里烧纸钱给爸爸，你问我："这是不是有用，人死后究竟到哪里去了？"我呆呆地想了半天，真不知怎么回答你。小娟，你就当它有用吧！人死后究竟去了哪里，这是一个永远无法解答的谜。依佛家轮回的说法，人是有前生也有来世的，人死后也有灵魂，他会思念亲人、思念家乡。基督教也说人死后，上升天堂或下入地狱。但一涉到形而上的宗教或哲学，究竟太虚无缥缈，像你这般年龄，还是暂时不必探究，你就恭恭敬敬、虔虔诚诚地让你爸爸活在你心中，默祷他灵魂往西方极乐世界。西方极乐世界是理想中的最高境界，但不是幻想，是我们在现世中所当努力的，那就是"修炼"我们的心灵，向着真善美的目标走。为人做事，诚诚恳恳，把爱心尽量扩充，帮助、同情不如我们的人，向比我们贤能的人学习。如此，生活就会过得非常丰富、快乐，现世就跟天堂一般了。可惜的是我说得这么好，自己并没能做到，一个人要战胜内心的敌人真不容易，但总要努力自勉，时时警惕，否则灵魂就要堕落了。我在初中时读奥尔珂德的三部小说：《小妇人》《好妻子》《小男儿》，觉得马区先生和夫人教导四个女儿，使她们一天天在成长中体认人情世事。这一对父母所说的每句话，写的每封信，到今天都时时在我心。我真感激那位英文老师（那时这三本书是我的英文课本），她每回都用抑扬顿挫、铿锵悦耳的声调读一遍，她读那些亲切的词句，就像是我们自己的父母亲在对我们说话，使我们牢记心头，时时试着去实行，使我们在小女孩时代，能在和煦的阳光雨露中长大。如果说我的性情没有变得非常乖戾，一半是由于这位老师将这三本书的温暖带给我们。所以我顺便也告诉你，你何妨去找来一读，即使英文原文也是非常浅近易读的，看好的译本也可以，但不要看节译本，时常会将精彩之处删节，太可惜了。

我还要告诉你的，就是逢年过节对先人长辈的祭奠，主要是一份思亲的孝心，并不是迷信。儒家伦理的"孝"字，意义无穷，一个孝顺父母的人，一定也能够尊敬别人的长辈，友爱自己的兄弟，与朋友交而有信，将来自己也一定是慈爱的父母。广义的"孝"真个是无所不包，就是论语所说的"弟子入则孝，出则悌，泛爱众而亲仁"的道理。可惜生在忙碌而现实的工商业社会的现代人，有许多都忽视了孝，还认为"愚孝"是很不合时宜的行为。时代不同，价值观不同了，许多行为，自然应当随机应变，因情况而变通，但"孝心"是不变的道德标准之一。我读了你几封来信以后，从字里行间，就看出你是个孝顺孩子，有一颗极善的心灵，爱父母、爱朋友，而且爱护小动物。在爱心中，人与人之间真是容易接近。所以由于你的阅读书刊和写信，我们的心灵就沟通了。你说"收到你的信好高兴，在人生的旅途上，我又多了一位关心爱护我的知己"，我又未始不高兴呢？

你第一次寄给我一张咪咪的照片，就托它把祝福带给我。这次你又把自己所搜集的全部的咪咪书签都寄给我。我告诉你我还有一个念高一的小朋友，和你一样的纯朴天真可爱，我们已通了两年的信，还没见过面呢，她也是把各式各样的美丽小卡片寄给我。上一次，她寄来一张浅紫色的：一个小女孩在朦胧的晨光中跪着祈祷，小小的双手合着掌，一脸的虔诚，她在背面写着："这是我最喜爱的，送给您。"你寄给我的，也是每张上都有发人深思的美好词句，有一张是一个长发小女孩，抱着小花猫，笑得好甜，上面写着："徘徊在脑海里的回忆，就是最好的祝福。"望着这些小女孩，就像看见你们，也好像这小女孩是我自己的幼年时代。珍贵的友情，把年光缩得那么短，使我这个年逾花甲的"中年人"（我不愿说自己是老年人），与你们之间没有一点距离。你们的友情，像春雨似的淋在我心田上，使我感到人生是如此的美好。

这几天，电视台时常播放二十年代的小童星秀兰·邓波儿的影片，她那童稚的歌喉，好令人陶醉。一听就会使我想起初中时代看她的电影，那一段的着迷，我一有零用钱就买她的照片，如今她正度过五十岁的欢乐生辰，她当过大使，礼宾司司长，是一位成功的外交家。为了事业与家庭，她放弃了喜爱的银幕生涯。她容光焕发，唇边的小小酒窝依旧，荧光幕上出现她五十岁与五岁的照片，真是逗人遐思。四五十年的岁月，在秀兰·邓波儿真是多姿多彩，她可以说一点也没有老，谁说岁月无情呢？可是看看她，却忽然使自己警惕、惭愧，上天给人类的是公平的年光，为什么我们就不知道好好运用呢？

我拍的几张雪地里的照片，竟一直未去取来，等下次给你寄去。在台湾不能想象有这样厚的雪，这会使你更想念长白山、黑龙江了。

你今年毕业，所以附寄给你小小礼物一件，希望你喜欢，我认为是很淡雅别致的。

夜深了，祝你：

健康、进步，并代问你

妈妈安好！

蓝衣天使

每天一大早醒来，神清气爽中，就会涌上一阵快乐的希望：今天一定会收到几封好友的信吧！

写信、盼信，是我这个无业闲居之人的一份乐趣。

我们这个小区的邮差是一位女性。她的名字叫梅德邻（Medaline）。由于我的邮件较多，信箱常常容不下，且常有挂号信件，都由她亲送到门口签收。遇她不忙时，就邀她进来喝咖啡，吃点我自己土法做的糕饼，香软可口，却不甜得发腻。她边吃边夸，我得意之余，还让她带两块回去以飨室友。

梅德邻精神抖擞，笑口常开，我们谈得很投缘。我问她一年四季风雨无阻地送信，是否很辛苦。她说她非常热爱这份工作。认为时代无论怎样进步，手写的信总比以分秒计算的电话、电传等亲切有情趣得多了。

她的话甚获吾心，于是我告诉她，多年前我们台湾有一位邮差先生，在台风中把邮包顶在头上，冒险涉水。但因水势太大，体力不支，万分危急中仍将邮包使力扔到山边，自己却被洪流冲去而殉职。这种尽忠职守的精神，她听了非常感动。但我们也不由得都想起美国曾有一个邮差，忽然大发脾气，将邮件统统丢进丛林中的荒谬行为。我也讲给她听，中国古代也有个殷洪乔把邻居托带的一百多封信都投入长江中的故事。她大笑说："这两人大概都是疯子吧！"她又诚恳地说："说实在的，每个人的人生观与想法都不一样。我之所以投考邮政，不只是因为这是份有保障的终身职，也因为我从小看妈妈倚门盼望爸爸来信之渴切，和她收到信时涕泪交流的欣慰。眼看那位老邮差挨门挨户送信的欢乐神情，我就发下心愿，长大后要当一名邮差，做一个送快乐到家门前的天使。"

梅德邻的诚恳心愿使我好感动，就称她为蓝衣天使，因为美国邮务员的制服是蓝色的。

在这个小区里，不仅是我这个盼信的中国人欢迎她，好多位邻居太太都时常邀她到家中小坐喝茶。有一位老太太几乎每天都定时在邮筒边等待她的来到。她说，她最高兴看见老太太双手接过信件去时满脸的笑容。尽管那里面大半是商业宣传的"垃圾邮件"，老太太仍细心地把各种廉价券剪下，寄给慈善机构好好利用。因为她知道大家都忙，她却有的是时间，宁可以此为乐。这使得梅德邻也感到自己分享了同样的快乐。她说看见这位老太太，就会使她想念起远在巴西的老祖母，她再忙也定时给她老人家写信。我问她用"打字吗"？她说："不，用手写，写浅近的英文，祖母喜欢学英文。这样才能把我的思念带给她。"

梅德邻真是个孝顺的好女孩。

可惜的是，现代人都忙忙碌碌，谁能有那位邻居老太太的闲情？谁又能像梅德邻这样的善体人意呢？

我有一位远在新加坡的年轻朋友，给我来信用计算机打字，字一个个方方正正的，但总像冷冰冰摆着面孔，少了一份亲切感。我要求她可否改用手写，宁可写短点。为了珍惜友情，她只好改用手写了。这该不算是我对好友的苛求吧！

想起古代交通困难，一封万金家书，往往累月经年能到达。诗人乃有"望去恨无千里眼，寄来都是来年书"之叹。而盼信的渴切心情，可以想见。我更爱的两句"劝君莫射南来雁，恐有家书寄远人"。细体诗人悲悯情怀，尤令人酸鼻。

我还曾试着用英语结结巴巴地将此诗意翻译给梅德邻听。她会心一笑说："那么我是不是那只南来雁呢？"

梅德邻真是位可爱的蓝衣天使。

人　情

　　日月飞逝,那个讨粽子的小女孩,她一脸悲苦的神情,她一双吃惊的眼睛和她坚决地快跑而逝的背影,时常浮现在我脑海。

水是故乡甜

　　此次经欧洲来美，一路上喝得最多的是矿泉水。因为其他各种五颜六色的饮料，价钱既贵又不解渴。只有矿泉水，喝起来清清淡淡中略带苦涩，倒似乎别有滋味。欧洲人都喜欢喝矿泉水，据说对健康有益。尤其是意大利的矿泉水是出名的。看他们一个个红光满面，体魄壮健，是否矿泉水之功呢？

　　旅馆卧房小冰箱里，也摆有矿泉水，以便旅客随时取饮，价钱就不便宜了。我灵机一动，从行囊中取出钢精杯、锡兰红茶和一把电匙；插上电，将矿泉水倾入杯中煮开，冲一杯锡兰红茶来喝，香香热热的，可说是旅途中最悠闲舒适的享受了。

　　外子说矿泉水其实就是山泉，如果泡的是冻顶乌龙，那就更有味道了。我一向不懂得品茶，在旅途疲劳中，能有一杯自己现泡的热红茶，已觉如仙品般的清香隽永了。

　　他啜着茶，就想起故乡四川的山泉来。那种山泉，随处都有，行路之人渴了就俯身双手从溪涧中捧起来喝个足，哪里像现在文明时代，一瓶瓶装起来卖钱呢！俗语说得好，"人穷志不穷，家穷水不穷"，这话我最听得进。因为我故乡家中的水就有三种，河水、井水、山水。山水是长工每天清早去溪边一桶桶挑来，倾在大水池中备饮食之用，洗涤多用河水。母亲为了长工挑水辛苦，叫聪明灵巧的小帮工，用一根根长竹竿，连接起来，从最靠近屋子的山边，引来极细小的一缕清泉，从厨房窗外把竹竿伸入，滴在一只小缸中。这才是涓涓滴滴的源头活水，一天接不了多少。母亲只舀来做供佛的净水，然后泡茶给父亲喝。"喝这样清的山水，又是供过佛的，保佑你长生不老。"母亲总是这么说的。那时泡的茶叶，除了家乡的明前茶、雨前茶之外，还有从杭州带回的龙井。父亲品着茶，常常说："龙井茶，一定要虎跑水来泡才香、才地道。"母亲不以为然地说："是哪里生长的人，就该喝哪里的水。要知道，水是故乡的甜哟。"母亲还说："孩子们多喝点家乡的水，底子厚了，以后出门在外，才会承受得住异乡的水土。"

事实上，母亲也是非常爱喝虎跑水泡的龙井茶的。不过她居住杭州的时日不多，平时又很少外出，我们出去游玩，她常捧个大玻璃瓶给我说："舀点虎跑水回来。"我马上接一句："供佛后喝了长命百岁。"母亲高兴地笑了。

现在想起来，虎跑水才是真正的矿泉水。那时曾做过试验，装一碗满满的水，把铜元一个个慢慢丢进去，丢到十个铜元，碗口水面涨得圆鼓鼓的，水都不会溢出来。因为它含的矿物质多，比重很大。所以喝虎跑水一定是有益健康的。

父亲旅居杭州日久，非常喜欢喝虎跑水烹龙井茶，但喝着喝着，却又念念不忘故乡的明前、雨前茶和清冽的山泉。他也思念邻县雁荡山的茶、龙湫的水，真是"人情同于怀土兮，岂穷达而异心"。父亲晚年避乱返故乡，又得饮自己屋子后山直接引来的源头活水，原该是心满意足的，但他居魏阙而思江河，倒又怀念起杭州的龙井茶与虎跑水来。实在是因为当时第二故乡的杭州，正陷于日寇之故吧。

我们这回在欧洲，一路饮着异乡异土的矿泉水。行旅匆匆，连心情都变得麻木了。到了德国的不来梅，特地去探望数十年未晤面的亲戚。他兴奋地取出最上品的龙井茶款待我们，问他是台湾产品吗？他说是真正从杭州带出来的茶叶，是一位亲人离开大陆时带给他以慰他多年乡愁的。我本来不辨茶味，但那一盏龙井的清香，却是永远难忘。我们说起欧洲人喜欢喝矿泉水，他笑笑说，台湾阿里山、日月潭、苏澳的冷泉，不就是最好的天然矿泉水吗？

他这话，倒使我想起，早期台湾有一种小小玻璃瓶装的"弹珠汽水"。瓶口有一粒弹珠，用力一压，弹珠落下去，汽水就喷出来。味道淡淡的，不像后来的汽水那么甜得不解渴。我因为爱"弹珠汽水"这个名称，以及开瓶时把弹珠一压的那点儿情趣，所以很喜欢买来喝，他常笑我犯幼稚病。后来时代进步了，黑松汽水和各种饮料充斥市面，哪还找得到"弹珠汽水"的影儿呢？但我脑海中总时常盘旋着弹子汽水瓶那副短短脖子的笨拙样子。尤其是早年在苏澳游玩时，喝的那一瓶。

台湾这许多年来，制茶技术越来越精进，无论是清茶、香片、龙井等，都是名闻遐迩。尤其是南投溪头的冻顶乌龙，更是无与伦比。旅居海外多年的侨胞，总不忘源源自台湾带出来各种名茶，自饮之外，更以分飨友好。尽管用以沏茶的水不是从故乡来的，但只要是故乡的茶叶，喝起来也会有一股淡淡的甜味吧。

有一次我们在友人家，她细心地问我们要喝哪一种茶，香片、龙井、乌龙都有，她是什么茶都喜欢。我想了半天，却问她："你有没有矿泉水？"她大笑说："你怎么这么特别？大家都喝热茶，你要喝什么矿泉水。"我只好说因为胃酸过多，不相宜喝茶。其实我是想起了在欧洲时喝的矿泉水，多少还有点故乡山泉的味道，不知美国的矿泉水是不是差不多的。而且我也想试试自己，能不能像母亲当年说的，喝过本乡本土的水，有了深厚的底子，就能承受异国的水土了。

美国人爱喝各种果汁，大概是减肥或特别注意健康的人才喝矿泉水吧？但不知超级市场那样大瓶大瓶的矿泉水，究竟是人工的还是天然的。如果是天然的，却又取自何处深山溪涧呢？实在令人怀疑。

说实在的，即使是真正天然矿泉水，饮啜起来，在感觉上、在心情上，比起大陆故乡的水，和安居了三十多年第二故乡台湾的水，能一样的清冽甘美吗？

风车老人

　　窗外天空阴沉，风雨交加，大雨点打得玻璃窗劈劈地响。我本是个爱雨的人。可是在异国的雨声中，感受就不一样了。尤其是一个人在屋里，无休无止的雨，会使你有点心慌而失去安全感。这使我想起那年在荷兰的阿姆斯特丹，由一位导游小姐开车带我去看风车，也遇上滂沱大雨，车子在茫茫的公路上疾驰，好像海水就要越过堤防冲进来似的。

　　导游小姐是外子公司代理行里的一位职员露西。她在上车前望了下天色，问我是否只要开车作一番走马观花的巡礼，还是要冒雨爬上风车看个究竟。我当然不愿放弃这新奇的机会，于是她就加速开车，雨愈来愈大，霎时间竟下起冰雹来，打在车窗上砰砰响。露西脸色凝重，双手紧握方向盘，叫我用布帮着擦车窗玻璃上的雾气。嘴里不停地念着："我的天，我们真选对时刻了。"我问她："这种天气是时常有的吗？"她笑笑说："风雨、冰雹、大水，我们都不怕，我们荷兰人是从海底建立起陆地来的。不过今天带一位东方访客在大雨倾盆中去看风车，倒是第一次。"她怕我紧张，连忙补充说："不过你放心吧！我们的堤防比山还巩固，海水绝不会冲过来的。"

车开到了埠头，买了票把车开上船。雨势愈大，船在冒着烟雾的宽阔运河上缓缓前进，好像在驶向蓬莱仙岛。到对岸以后，还要再开一段路程。天公真是作美，雨忽然小了，到了风车下面时，已完全停止，否则，没带伞的我们，真要变成落汤鸡呢。

露西带我走上斜坡，仰望眼前庞然的大风车，就像一座古堡。四面是褐色厚厚的砖墙，顶上是一层层稻草铺盖下来。一位满头白发的老人，笑逐颜开地走向我们。他说的荷兰话，我一句也听不懂，但看得出他对我们这两个仅有的雨中访客，是万分欢迎的。他把卧在地上的巨大风翼的粗绳拉动，示范讲解给我们听，由露西简单翻译，然后进入底层参观。那是老人的起居室，床铺贴着墙壁，木板推门以供进出。厨房炉用具简单，楼上是操作室。他过得像《鲁宾逊漂流记》里的生活，但他显得健康满足，看他对风车操作不停讲释的兴趣，可以知道他是多么热爱这份工作了。

我问他会说英语吗，他听懂了，对露西说他只说荷兰话，因为风车是他一生唯一的伴侣，说别国语言，风车会发脾气，真是好风趣的一位老人。露西说他很健谈，老是希望游客多来，他就可以滔滔地讲。今天可惜时间不够，我们必须回去了。

露西问我身边有没有带纪念品，我在提包里掏好久，才找出一个吊着一只迷你皮凉鞋的钥匙，明知这样的小东西送他不合适，但也只好以此留作纪念了。他接过去，眯起眼睛看了好半天，大笑说："你们台湾穿这样漏水的鞋子呀，看我们的鞋子底多高，多坚实。"

开车回来时，已是雨过天晴。露西这才对我说："刚才这场大雨兼冰雹，我倒真有点害怕呢。因为我向来都只在市区开，带朋友参观风车，都是我哥哥开车。有一次也遇上大雨，他故意叫我开，要练练我的胆子。但我总觉得有个强有力的哥哥可依靠，心里一点不怕。可是今天，你是客人，我感到责任好重。马上想起哥哥的话来，他说：'遇到紧急情况时，不要想到有人可依靠，要想到有人在依靠你，你就非镇定下来不可。'所以刚才终于能聚精会神地平安到达，有了这次经验，我以后更不会惊慌了。"

露西的话，使我有深深的领悟。一路上，我也在挂念那位白发皤然的风车老人。他从小到老，只守着那座风车，把全部的爱投注给风车，与它说话，对它唱歌。他那样远离尘嚣，在我们忙忙碌碌的都市人看来，觉得他很寂寞。可是他看我们匆匆来，匆匆去，时间不能由自己控制，行程不能由自己做主，他是不是要为我们叹息呢？

在大雨中，我又想起给我深刻印象的露西与风车老人。

此处有仙桃

　　将近二十年前，我住在台北新生南路时，邻近有一间兼卖车票的小小杂货店。老板娘面团团的，非常和气，中文说得不好，却很爱和顾客聊天。我每回去买东西时，就把有限的几句闽南语拿出来和她交谈，她笑得咯咯咯地，夸我讲得"卡好"，因为她都听懂了。

　　有一天，我看见玻璃窗上贴着一张纸条，写着大大小小歪歪斜斜的童体字："此处有仙桃。"她指着纸条得意地告诉我是她念小学一年级的小儿子写的。我问仙桃是什么，她指指玻璃瓶里的浅紫色小粒说："这就是仙桃，卡好呷啊。"就伸手取出一粒叫我尝，我一尝确实好吃，酸酸甜甜，正是我最喜欢的山楂甘草的混合味，马上买了一大袋，还不到五毛钱。带回来装在各种可爱的小瓶子里，书桌、床头、手提包里各放一瓶。有时在昏昏欲睡的会场里，朋友们都知道我的手提包像八宝箱，就问："有吃的吗？"我马上取出瓶子说："此处有仙桃。"于是每人数粒，吃得津津有味。我扩大宣传说："仙桃不但有生津止渴、提神醒脑之功，如长期服用，可使肠胃清洁，情绪稳定，灵感充沛。终日伏案工作的朋友们，尤不可一日无此君，请大家告诉大家。"听得他们将信将疑，我却乐不可支。

外子是个拒服中药的"崇洋者"，他看我奉仙桃为仙丹，讥我犯了幼稚病。问我究竟多大年纪了，还吃这种骗小孩子的糖果。我一本正经地回答："每日口含仙桃数粒，保你青春长驻。"他只好大摇其头。可是有一次，在公共汽车上，汽车味夹着汗臭熏得他作呕，问我有没有带什么药，我立刻打开手提包说："此处有仙桃。"他苦笑一下，万不得已含了两粒，居然立刻见效。从此他也接受了仙桃。于是仙桃成了我二人家居旅行的万应灵丹。

由于经常买仙桃，大量买仙桃，杂货店老板娘和我成了好朋友。买东西总要主动给我少算几毛钱。我送她一个自己用彩色毛线钩的袋子，给她装零钱。上下班经过时，总要和她摆摆手打个招呼。她常常喊："太太，今天仙桃卡新鲜。"我去买日用品时，她就抓一把仙桃送给我。我口含仙桃，品味的不只是山楂甘草的酸甜味，而是一份纯朴的温馨友谊。

两年多后，我们有了宿舍，搬离新生南路。因工作太忙，很少去那边看看房东，也就没机会见到杂货店老板娘，心中却不时挂念起她。至于仙桃呢，别处也都有，墙上也常贴着"此处有仙桃"的条子，但都是印现成的，而不是手写的童体字。我很想去老地方和老板娘说说闽南话，却总没时间。直到将近三年后再去时，新生南路中央的大水沟已经填平，成了整条宽阔的五线道大马路，小杂货店也不知去向了。我怅惘地站在那儿好半天，原当为市容的日趋整洁而高兴，心里却总念着那句"此处有仙桃"的可爱标语和老板娘和蔼的笑容。人生有时实在像没头苍蝇似的无事忙，我奇怪自己在长长的三年中，怎么就抽不出半天的时间去看一下仙桃店主呢？她究竟姓什么我都不知道，当然以后也不会再见到她。她面团团的笑容，只有永留记忆中了。

时代渐渐进步，我所喜爱的仙桃也渐渐绝迹了。"此处有仙桃"的标语，再也看不到了。书桌上、枕头边、手提包里放的不再是仙桃，但也不是辣辣的仁丹或怪味的口香糖，我宁可装点甘草片或西洋参片，至少有清心健脾之功，但总觉得是药而不是可口的仙桃。直到有一回和中大同事搭车旅游，感到头昏，她取出一包黑漆漆的小粒，告诉我叫作"柚子茶"，让我尝一粒。我觉得味道竟和仙桃极相似，大喜过望，托她一口气买了两包，心情上真有好友重逢的欣喜。

这种柚子茶，是由整个柚子，顶上挖个洞，榨去汁后，装入中药制成。装的什么药？制作过程如何？都是台湾南部一个小镇的家传秘方，外人不得而知。由于没做宣传广告，也就很少人见到，市面上糖果店里根本买不到，必须要在老式的菜市场，偶尔遇到流动小贩才有得卖。因此这两包柚子茶，可说得来不易呢。

前年去麻豆，和朋友讲起仙桃的故事，又说到新发现的柚子茶。她热心地为我走遍小镇的大街小巷，就是访不到柚子茶。心想麻豆产文旦，怎会没有柚子茶呢？失望地回来，只好格外珍惜地省吃所剩不多的柚子茶。那一股温和的中药香味，使我惦念起种种旧时情景，心情既温馨，也怅惘，因为"此处有仙桃"那句朴拙的广告词，总是有去日苦多的无限沧桑之感。

来美以前，匆忙中不及托同事再买柚子茶，只把所剩的半包带着。旅途劳顿，加上欧洲饮食不对胃口，柚子茶成了时刻不可少的良伴。到美后所余无几，只得万里迢迢地请同事为我千方百计买了寄来。好心的她给我多寄来两大包切碎的，和一个完整的柚子球，让我多闻闻原始的香味。我真如获至宝，感到自己一下子变得好富有、好安全。因为在客居，我至少可以安安稳稳地服用从台湾本乡本土带来的万应灵丹，再也不虞匮乏了。

每回取出一粒香香的柚子茶，含在嘴里时，都不由得轻声地念一遍："此处有仙桃。"并且默祝那位再也没有机会见面的杂货店老板娘，健康幸福。

小裁缝

我有一件旧衬衫，补得像戏台上乞丐穿的"富贵衣"，却仍舍不得丢弃。每回整理抽屉时，总会捧在手中抚摸好半天，心中怀念的是裁制这件合身舒适衬衫的小裁缝。

在台北时，我住宅巷口有一间小小洋裁店。我有什么衣服要修改缝补的，都拿到那儿去。小工作可以立等取件，麻烦点的至多半天一天可以完工，绝不失信。店里只有老板和一大一小两位助手。大的沉默寡言，只是低头做活。小的约莫十五六岁，长得眉清目秀，一脸的笑眯眯，对人非常有礼貌，无论大小工作，都做得十二分认真，总要你完全满意才放心。大家都喜欢这位小裁缝。

每回从店里回来，我对他总是满心的感谢。感谢他的诚实和尊重顾客，也感谢老板教导出这样好的学徒。

可是有一天，我去向小裁缝取我新缝制的衬衫时，他脸上喜悦的笑容消失了，趁着老板不在，他出来低声对我说："太太，明天我要离开这里，回南部乡下去了。"

"为什么？"我大为吃惊地问。

"老板不要我做了。"

"为什么？"我更吃惊。

"他嫌我工作做得太慢，太仔细，而工资是论件计算的，他说像我这样慢工细活，一天能做得几件。他叫我马虎点做，我办不到，所以他不要我做了，说实话，我也不想做了。"

我听得呆了半天，不知说什么好，才又问："你回南部做什么工作呢？"

"给别人在田里帮工，我喜欢田里的工作。但妈妈要我来台北学裁缝好多赚点钱，我不习惯。爸爸在世时，一直教我要诚实做事，我回去种田，妈妈不会生我气的。"

他脸上又泛起微笑，浓雾散开了。

"给我一个地址好吗？"我怅怅地问。

"这就是我的地址，"他立刻从口袋里掏出一张字条给我，一脸诚恳地问："我可以写信给你吗？我好喜欢你送我的书啊！"

因为他爱看书，我时常送他朋友和自己的书。

"我会给你写信，给你寄书的。"我禁不住泪水盈眶，感到世间事竟是如此的无奈。

我们就这么在巷口匆匆而别，第二天再到小店时，他已不在那儿了。小店离家咫尺之地，我却怅然如有所失，无心再去了。我原以为老板一定是教导小裁缝做一个勤奋诚实的学徒，没想到是小裁缝择善固执的本性，违拗了老板而被辞退的。

他为我缝制的这件合身衬衫，我一直穿了许多年，破了补，补了破，直到不能再补再穿，却无论如何舍不得丢弃，就把它保存在抽屉的一角——一个看得见、摸得着的地方，为了怀念这位诚实的朋友。

我们曾通过信，我也曾寄过杂志和书给他。可是岁月流转，人事变迁，我们渐渐地失去了联系。不知他现在究在何处，他该早已成家立业了吧。他是在南部种田呢，还是自己开洋裁缝店，教导几位勤奋诚实的学徒呢？

微信扫码
多视角解读
了解图书背后的故事

佛心与诗心

我大学念的是中文系，毕业时正是抗战中期，为环境所逼，进了完全不合我旨趣的法院当一名记录书记官。自感学非所用，每天对着满桌满橱的卷宗，不免心烦意乱。对陌生的法律条文，繁复的诉讼程序，又不得不从头学起。所幸我所配置的一位秦推事，非常亲切慈祥，没有一般法官那副道貌岸然，神圣不可侵犯的感觉。在"饭碗第一"的情况下，我也就捺着性子追随他学习，他都和蔼地一一予以指示。

有一次，我粗心大意地把卷宗整理得次序颠倒，他郑重其事地命我调整过来以后，才和颜悦色地对我说：

"你也许觉得琐碎的记录工作，与枯燥的法律条文，与你所喜爱的文学格格不入吧！其实法律不外世事人情，文学所描绘的也是世事人情。我知道你们写小说要客观，设身处地地体认主人翁的种种行为心态，写来才丝丝入扣、合情合理。我们当法官的处理盘根错节的案件，也要绝对客观。无论民刑事案件，问案时不可动肝火，也不可盲目地予以同情。因为人心之不同，各如其面，有的忠厚、有的诡诈，种种动机，都须平心静气加以追究与分析。写下判词，关系当事人的生命、财产与名誉，不可不慎。但在这样抽丝剥茧的研究分析中，自然产生乐趣，这就是你们从事文学写作的人所谓的对人性的关怀。可见任何兴趣，都是从锲而不舍的工作中培养出来的。"

他的一席话，听得我非常感动，但我仍怅怅地说："可惜我改行学法律已太晚了。我曾耐心地读完民法、刑法总则，只是对诉讼程序不感兴趣。我也曾动念考司法官，却因学文科的必须经过检定考试而作罢，才落得一事无成。"

他马上正色说："你千万不要气馁，更不必考虑改行问题。就你在文学方面的领会，与你现在的工作正可以相辅相成。因为日光之下无奇事，你们面对的人生问题，正是我们法官面对的人生问题。从种种纠结的分析中，可以产生不少小说题材。"

他又笑了一下说："不瞒你说，我当初原是学文学的，自知文学细胞不够乃转学法律。直到如今我的案头床边，仍离不开世界文学名著。我觉得用文学的胸怀，法律的头脑，菩萨的心肠，才能以一颗宽大温厚的心，写下正确的判词。"

他又引了欧阳修《泷冈阡表》中的两句话"求其生而不可得，则死者与我皆无恨也"，证明一位仁者，在判处罪犯死刑时万不得已的苦心。他说他平生秉持的原则是：痛恨罪恶本身，却怜悯触犯刑章的人。审慎下笔，才不致枉判无辜，也不致轻纵罪法。法律上称未定谳的为被告而不称受刑人或犯人，也就是民主时代对人性的尊重。

最后他又语重心长地对我说："你不要抱怨学非所用；你应该庆幸自己用非所学。你才能在文学天地之外，拓展更广阔的视野，培养更丰厚的同情心，写出感人的篇章来。所以你在法院服务，对你并非浪费。"

这位长者的肺腑之言，使我感动得几至泪下。从此我就心安理得地在司法界服务达二十余年而无怨无悔。在写作上，我也曾就个人在工作上的体认，以法官或受刑人的心理状态为题材，写过好多篇小说，自认是在写"儿女情长"之外，另一方面的创作成绩。

说到写作兴趣的培养，饮水思源，尤不能不感念师恩。如不是在大学时夏承焘老师对我为人为学的启示，可能也不会在后来服务法院时，全心接受秦推事的诲谕。

夏老师谆谆然以身教，对学子们从不曾有过严词厉色的指责。记得有一次期中考试，有一位同学迟到了将近半小时，他气急败坏地冲进教室，结结巴巴对老师说明公交车抛锚，道路阻塞以致迟到。老师嘱他安心坐下说："时间有限了，你就答一、二两道题交卷罢。"事后同学们不免有点疑虑，老师说："他平时从不迟到，考试时迟到必是意外事故。我嘱他只答较难的一、二两题，并不是由他三题中任选二题。我认为仍是公平的。"同学们也觉得老师的变通办法是公平的，当然也不再说什么了。

又有一次，我随老师一同搭公交车，售票员态度至为恶劣。我下车后十分生气。老师笑嘻嘻地说："你想想售票员整天在摇来晃去的车上，在挤得水泄不通的乘客中挤来挤去卖票、找钱，还要开车门(那时的公交车都是上车买票的，车门也非自动开关，亦非司机控制)，你如果是他，你能不烦躁吗？而我们乘客在车上时间短暂，一下车就各奔前程，海阔天空，哪有他整天工作的劳累呢？你若能设身处地为他想一下，自然心平气和了。要知一颗温厚的同情心，就是佛心，佛心也就是写作泉源的诗心。"

老师的话有如炎夏的一剂清凉散，马上使我心情开朗了。从那以后，我搭车再挤也不生气，而且以和颜悦色面对售票员，尽量把零钱准备好，以免他找钱的麻烦。有好几回，在下车时他都会说："小心下车，慢慢走啊！"可见外界现象，正像一面镜子，反射出来的，正是你自己的心境和脸容呢！

境由心造，于此可见，因此想起童年时在乡间的一件小事。乡间多乌鸦，时常在大清早从屋顶飞过，"呀、呀、呀"地连叫数声。长工们一听见，就会仰头对天空"呸、呸、呸"地连呸三声，表示拒绝不祥之声。母亲却总笑嘻嘻地说："不要呸它，乌鸦的心，胜过喜鹊的嘴啊！"我问她为什么呢？她说："乌鸦心直口快，提醒你要谨慎小心，就不会有不吉利的事轮到你了。不像喜鹊只会甜言蜜语，说得好听却不见得都是真心话，可惜世间有多少人喜欢听乌鸦的叫声呢？"

外公敲敲旱烟筒接着说："吉利或不吉利，都由自己一颗心造成。心地光明磊落的人，凡事都从好处想，想到别人对自己的好，想到天公对自己的照顾，满心的感激，满心的快乐，自然事事都会吉祥顺利。乌鸦叫，喜鹊叫，一样都是好听的。"

母亲高兴地搂我到怀里说："我现在才知道，乌鸦和喜鹊，都在唱它们自己快乐的歌儿呢！"

如今追忆幕幕往事，慈爱的外公和母亲的朗朗笑语，使我幼小心灵有一份祥和的启示。大学恩师的佛心诗心和法院秦推事的宝贵箴言，都是指引我一生立身行事的盏盏明灯啊！

粽子里的乡愁

异乡客地，愈是没有年节的气氛，愈是怀念旧时代的年节情景。

端阳是个大节，也是母亲大忙特忙、大显身手的好时光。想起她灵活的双手，裹着四角玲珑的粽子，就好像马上闻到那股子粽香了。

母亲包的粽子，种类很多。莲子红枣粽只包少许几个，是专为供佛的素粽。荤的豆沙粽、猪肉粽、火腿粽可以供祖先，供过以后称之为"子孙粽"，吃了将会保佑后代儿孙绵延。包得最多的是红豆粽、白米粽和灰汤粽。一家人享受以外，还要布施乞丐。母亲总是为乞丐大量地准备一批，美其名曰"富贵粽"。

我最最喜欢吃的是灰汤粽。那是用早稻草烧成灰，铺在白布上，拿开水一冲，滴下的热汤呈深褐色，内含大量的碱。把包好的白米粽浸泡灰汤中一段时间(大约一夜晚吧)，提出来煮熟，就是浅咖啡色带碱味的灰汤粽。那股子特别的清香，是其他粽子所不及的。我一口气可以吃两个，因为灰汤粽不但不碍胃，反而有帮助消化之功。过节时若吃得过饱，母亲就用灰汤粽焙成灰，叫我用开水送服，胃就舒服了。完全是自然食物的自然治疗法。母亲常说我是在灰汤粽里长大的。几十年来，一想起灰汤粽的香味，就神往童年与故乡的快乐时光。但在今天到哪里去找早稻草烧出灰来冲灰汤呢？

端午节那天，乞丐一早就来讨粽子，真个是门庭若市。我帮着长工阿荣提着富贵粽，一个个地分，忙得不亦乐乎。乞丐常高声地喊："太太，高升点（意谓多给点）。明里去了暗里来，积福积德，保佑你大富大贵啊！"母亲总是从厨房里出来，连声说："大家有福，大家有福。"

乞丐去后，我问母亲："他们讨饭吃，有什么福呢？"母亲正色道："不要这样讲。谁能保证一生一世享福？谁又能保证下一世有福还是没福？福是要靠自己修的。时时刻刻要存好心、要惜福最要紧。他们做乞丐的，并不是一个个都是好吃懒做的，有的是一时做错了事，败了家业；有的是上一代没积福，害了他们。你看那些孩子，跟着爹娘日晒夜露地讨饭，他们做错了什么，有什么罪过呢？"

母亲的话，在我心头重重地敲了一下。因而每回看到乞丐们背上背的婴儿，小脑袋晃来晃去，在太阳里晒着，雨里淋着，心里就有说不出的难过。当我把粽子递给小乞丐时，他们伸出黑漆漆的双手接过去，嘴里说着："谢谢你啊！"眼睛睁得大大的，看着我一身的新衣服。他们有许多都和我差不多年纪，差不多高矮。我就会想，他们为什么当乞丐，我为什么住这样的大房子，有好东西吃，有书读？想想妈妈说的，谁能保证一生一世享福，心里就害怕起来。

有一回，一个小女孩悄声对我说："再给我一个粽子吧。我阿婆有病走不动，我带回去给她吃。"我连忙给她一个大大的灰汤粽。她又说："灰汤粽是咬食的（帮助消化），我们没有什么肉吃呀！"我听了很难过，就去厨房里拿一个肉粽给她，她没有等我，已经走得很远了。我追上去把粽子给她。我说："你有阿婆，我没有阿婆了。"她看了我半晌说："我也没有阿婆，是我后娘叫我这样说的。"我吃惊地问："你后娘？"她说："是啊！她常常打我，用手指甲掐我，你看我手上脚上都有紫印。"

听了她的话，我眼泪马上流出来了，我再也不嫌她脏，拉着她的手说："你不要讨饭了，我求妈妈收留你，你帮我们做事，我们一同玩，我教你认字。"她静静地看着我，摇摇头说："我没这个福分。"

她甩开我的手，很快地跑了。

我回来呆呆地想了好久，告诉母亲。母亲也呆呆地想了好久，叹口气说："我也不知道要怎样做才周全，世上苦命的人太多了。"

日月飞逝，那个讨粽子的小女孩，她一脸悲苦的神情，她一双吃惊的眼睛和她坚决地快跑而逝的背影，时常浮现在我脑海。她小小年纪，是真的认命，还是更喜欢过乞讨的流浪生活？如果她仍在人间的话，也已是年逾七旬的老妪了。人世茫茫，她究竟活得怎样，活在哪里呢？

每年的端午节来临时，我很少吃粽子，更无从吃到清香的灰汤粽。母亲细致的手艺和琐琐屑屑的事，都只能在不尽的怀念中追寻了。

童　趣

　　这下，我可乐了。帮着抱桂花树使劲地摇，桂花纷纷落下来，落得我们满头满身，我就喊："啊！真像下雨，好香的雨啊！"

蟹酱字

一提笔写字，就会想起童年时老师那张结冰的脸。当我打着哆嗦把描好的大字双手递上去时，他的拳头在桌上一槌说："看你的蟹酱字，重写。"

我眼泪一颗颗掉下来，掉在黄标纸上，把蟹酱字都浸湿了，浸化开来了。

老师为什么嫌我的字是蟹酱字呢？这就得怪母亲。母亲自己不写字，也认不得多少字，但来得会形容，竟拿蟹酱来形容我的字。

蟹酱是故乡的一种海鲜名产，把螃蟹敲成碎碎的酱，用生姜、盐、酒、胡椒等在瓶子里泡浸一个月，打开瓶盖，香中带腥，腥中带臭，再加点醋，那股鲜味，马上叫你胃口大开，饭吃三碗。

我最最喜欢吃蟹酱，总是喊："妈，我要蟹酱，蟹酱'配饭配走险'（下饭得很）。"母亲就会边笑边说："配走险、配走险，吃多了蟹酱，你的字也会像蟹酱那样难看险（难看得很）。"我一想到习字就懊恼，管它难看险不难看险呢，反正蟹酱是天下最最好吃的东西了。

母亲对我说了还不算，又去告诉老师。有一天，她端两盘刚蒸好的红豆糕来书房里，一盘供佛，一盘给老师当点心。我正好抄完作文，扬扬得意地把它放在老师桌上。母亲眯起近视眼看了半天说："这是什么字呀？像蟹酱一样，分也分不清楚。"老师大笑说："一点不错，真像蟹酱，她就是这样不好好写字，作文倒作得满好的。"母亲又加了一句："我说呢，是蟹酱吃多了嘛。"说完，她就一摇一摆地走了。

老师非常夸赞母亲会形容。他说："螃蟹的样子是一个大壳，两只大钳、八只脚，四面八方撑开，到处无规则地横爬，已经够难看了。所以说'瞎子写字眼，像只八脚蟹'。活的蟹已够难看，剁成了酱还成个什么体？"他愈说我愈生气，只好回到厨房跟母亲发脾气。"都是你，笑我的字难看，老师愈加要我重写了。"母亲慢条斯理地说："重写就重写嘛，我是不会写字，我若会写字，一定练出一手龙凤字。"那是一位天才小叔夸自己的字"龙飞凤舞"，母亲又听进去了。她最最喜欢"龙凤"两字，成双作对的多好。

从那以后，老师就把"蟹酱字"挂在嘴上。高兴的时候，笑嘻嘻地叫我下回用心点写。不高兴的时候，就把桌子一拍，说："看你的蟹酱字，重写。"

我却只记得他生气时候那张冰冻的脸，因此一到习字，就四肢乏力，背都直不起来，写出来的永远是蟹酱字，也因此恨透了习字。直到如今，写的永远是一手蟹酱字。

当年明明记得老师劝谕我的话："书信是在长辈或朋友之前出现的千里面目，而字又是书信的面目，一个人，外表衣冠不整，纵然有满肚才学，也是不行的。"他还指点我临帖、看帖。《三希堂》、《淳化阁》等都一一摹过，可是生有钝根的我，就是一点帖意也感染不上。不像大我几岁的小叔，看什么碑帖都能融会贯通，能写出一手古意盎然的好字来。他如生于今日的环境中，真将是一位出名的书法家。可惜他自叹"因无骨相饥寒定，只合生涯冷淡休"，早早地就过世了。

我长大以后，也曾自怨字写得太丑。小叔反倒安慰我说："不要紧，古来大文豪字写得好的也不多。唐宋八大家之一的王安石，据说他的字像斜风细雨，很难看的。"他又笑笑说，"你妈妈封你是蟹酱字，将来你若学会写文章，配上蟹酱字，倒也别有一格呢。"

进大学后，受业于恩师夏承焘门下。他一看我的习作诗词，总是微微颔首以后再连连摇头，我知道他对我是责望多于赞美，尤其是一笔字使我汗流浃背，不敢仰视。后来渐觉老师和蔼可亲，就将母亲和老师形容我的蟹酱字的故事讲给他听，他拊掌大笑说："蟹酱字也好，只要能写出个体来，但总得下工夫练呀！字无百日工，你每天清早起来先练字，持续一个月便见进境。"

我听他话开始练字，临的是夏老师写他自己的诗词。因为我对临帖已视为畏途，总觉古人邈不可接，学自己所敬佩老师的字，至少有一份亲切感。那时我住在学校简陋的宿舍里，每天一清早被臭虫咬醒，爬起来捉完臭虫就磨墨习字。灯光既暗，浑身被臭虫咬过之处又奇痒，岂能专心习字！练了多少天，看看仍旧是一片蟹酱字。想此事有关天分，非勉强学得来的，就灰心放弃了。老师知孺子不可教，也就没再勉强我。

有一次我去拜谒老师，他不在家，我在桌上留了张条子，次日他给我来信夸我"书法进步，几出吴君上"，使我大为吃惊。因为他所指的吴君是一位才女，书法是人人夸赞的。我何能出她之上？这明明是恩师溢美鼓励的苦心，于是我又着实奋发地练了一阵子，可是五分钟热度过去又懒了下来。忽然记起行箧中带有一位父执为先父抄的全本《心经》《金刚经》，写的是黄道周体的小楷，我十分喜欢，就用心从头抄了一遍。捧给恩师看，他点头微笑说："蟹酱中有点味道了。"

毕业后离开恩师，避寇深山中，恩师每回辗转寄来的信，总谆谆勉我："读书习字，不可一日间断。"而疏懒的我，未能努力以符恩师之期许，马齿徒增，悔之无及。

如今面对自己的蟹酱字，就会在心头浮上三张不同的面貌——慈母叫我把蟹酱字练成龙凤字的笑眯眯神情，家庭教师拍着桌子说"重写"时那一脸的冰霜，和瞿禅恩师温而厉的颔首或摇头。还有就是那位天才小叔劝勉我的话："闲来你如果会写文章，配上蟹酱字，倒也别有格。"

看来，我只有努力在写文章上求进步，无妨保留我的蟹酱字，也算"别具一格"吧。

大红包

过新年时，长辈给孩子们的压岁钱是大红包。而在我家乡，小孩子代长辈挨家拜年手拎的礼物，也叫大红包。包的纸又粗又硬，包得有棱有角，外加一层红纸，正面贴上店号名称，用红麻绳扎好。从包的外形、轻重、大小，就可猜得出里面是什么东西，不外红枣、桂圆、莲子、白糖、寸金糖等等，全是小孩子听了垂涎三尺的美味。

过年时，母亲就让老长工阿荣伯去街上两间最大的南货店买来两大箩大红包，一字儿排在厢房的长条桌上，等过了正月初二，让我去长辈和邻家拜年当"伴手"（礼物）。我站在桌边，踮起脚尖，把下巴搁在桌面上，一个个认红包上的字眼，猜包里的东西。"王泰生"、"胡昌记"的店名是我早已熟悉的，费心思猜的是里面包的东西。阿荣伯说这两家南货店货色都好，分量又足。其实刚买回来时分量是足的，摆上几天就靠不住了。因为我和大我三岁的小叔会趁大人看不见时，用手指从边上伸进去，挖出桂圆红枣来吃。挖得太多了，小叔就塞些小石子进去。阿荣伯捧起包来摇摇，一样的"咚咚咚"响，就笑嘻嘻地拎着包，牵着我去拜年了。

到长辈家拜年都有压岁钱，我好开心。到邻居家就只给两个煮熟的蛋，连声说："元宝、元宝。"我不爱吃蛋，就丢在篮子里提着滚来滚去，催阿荣伯快走。他却总要坐下来慢条斯理地喝一杯橄榄茶，把橄榄塞在青布围裙口袋里，再抽一筒旱烟。我等得不耐烦，就只好捂着两只耳朵，看小朋友们放鞭炮。

一圈兜回来，我口袋里已装满压岁钱。篮子里也装满了元宝蛋。我抱怨他们为什么不把大红包打开，给我吃红枣桂圆。阿荣伯笑笑说："你要吃石头子儿呀？"原来他已知道我和小叔的戏法，我缩了下脖子，真感谢他没把我们的恶作剧告诉母亲。

其实每家收到大红包都不打开，只把东边家送来的转到西边家，西边家的转到东边家，转来转去，有时会转回原来的一家。小叔和我就曾在大红包上用铅笔偷偷做过记号，认得出哪一个是我们家送出去的。告诉母亲，母亲高兴地说："元宝回来喽！"

如此转完了五天，到初六才打开，分给孩子们吃。小石子也不知是哪一家塞进去的了。大家都说我们潘宅的大红包最扎实，红枣桂圆没有一颗是烂的。我想如果我们不偷吃的话，一定是真正扎实的潘宅大红包，因此心里有点不安。小叔说："你用不着不安。过年嘛，没有一家的孩子不挖大红包里的东西吃的。大人们送来送去，只是礼数，也相互讨个吉利，谁去数里面有几粒红枣几粒桂圆呢！"听他这么一说，我也就安心了。

拎着大红包挨家拜年拿压岁钱的日子已非常非常的遥远了。如今面对百货公司陈列出五光十色的新年礼品，我却越加怀念儿时捧在手里，摇起来"咚咚咚"响的大红包。

萝卜大餐

好容易买到一个大白萝卜，当宝贝似的，把它分成三段，用不同的方法做来吃。顶部最嫩，切丝用盐腌一下，拌糖醋可当提味小菜。中段切片加虾尾炖汤，清香可口。近尾部切滚刀块煨排骨肉，加葱、姜、酱油和少许的糖，红红香香的，便成了一道可以款待朋友的大菜。

一个萝卜的"三段吃法"，足见在大都市里新鲜蔬菜之难求，不由得使我想起童年时代，青菜萝卜遍地都是的好日子。那时我家后门一开出去，就是一大片菜园。萝卜成熟的日子，小帮工阿喜就带着我拔萝卜，他背个大箩筐在背上，拔起萝卜就望肩膀后面一扔，落在大箩筐里，手势非常纯熟。我力量小，只能提个篮子在后面跟，拣几个小点的萝卜丢在篮子里摇来摇去做做样子。

拔得累了，我们就在溪边坐下来，阿喜拣一个最嫩的萝卜，在溪水里冲洗干净，用犁刀刮去顶部的皮，扳下来给我吃，他自己就连皮啃。他说："萝卜、山薯的皮，比里面的肉还补，吃了健脾的，才有力气干活儿。哪像你这样娇嫩，脚底心踩到一粒小石子就尖叫。"我听了虽不服气，但也不敢分辩，因为一惹他生气，他就不带我玩儿了。

拔回萝卜，由母亲分类，趁新鲜烧出各种的菜来。加葱姜蒜炒的，加肉煨的，加虾尾清蒸的，凉拌的，满桌都是萝卜，却各有各的味道，那才真正是萝卜大餐呢。

母亲说："萝卜出，百病除。"用盐腌出来的萝卜水，是治喉痛最灵的药。我常常会喉痛，母亲就要我早上空肚喝一杯萝卜水，还用它漱口。但那股子味道实在不好闻，臭臭的有点像茅坑水。母亲说："总比要你喝金汁好吧。"原来所谓的"金汁"，就是真正的茅坑水，多恶心呀！居然可以治喉头炎。现在想想，大概就是西药里的金霉素吧！我一想起来就要吐，赶紧想想清香的萝卜水吧。

故乡的农历新年

    天寒岁暮，在异国风雪漫天的夜晚，既无围炉之乐，复少话旧之趣。扭开电视机，唱的都是些不入耳的洋腔洋调。真是老来情味减，只落得屈指数流年了。倒是想起在台北时，每年大除夕，各电视台都有精心制作的特别节目，影歌星济济一堂，团圆拜拜，恭喜新年，与"哔哔拍拍"的鞭炮声，烘托出一片喜气洋洋。

    我最最怀念的，还是儿时在故乡过新年的欢乐情景。

    那时我才七八岁，家庭教师总要在腊月廿三夜祭送灶神、新年序幕开始以后，才放我的年假。从腊月廿四到正月初五，五天年满就要照常上课了。所以这十天是我一年里的黄金时刻。天天在母亲或老长工阿荣伯后跟来跟去，学说吉利话。数数目数到"四"，一定要说"两双"，吃橘子时一定大声地唱"大吉大利，买田买地"（故乡话"橘"、"吉"同音)，跨门槛一不小心跌一跤，赶紧爬起来连声地念"元宝元宝滚进来"，阿荣伯听得呵呵笑。母亲高兴起来，会递给我一块香喷喷热烘烘的甜年糕，我就边吃边说："年糕年糕，年年高。"

    那时父亲远在北平，但每年冬天都会托人带一件新棉袄给我过新年。腊月廿四那天，我总是对着大镜子把新棉袄穿上，照前照后一番再脱下来，嘴里喃喃念着："妈妈说的，现在不穿，大年初一才穿。"母亲在一旁笑嘻嘻地说："初一着新衣，一年都顺利。"她又说："明年你阿爸回来，一定会带一件闪花缎旗袍给你。"

于是我就眼巴巴盼望着漂亮的闪花缎旗袍。尽管盼望落空，父亲并没回来，但母亲每年仍高高兴兴地忙蒸糕、忙酿酒。吩咐长工做给乞丐的"富贵年糕"，红糖要加足，不要掺糖色(是一种像红糖的假颜色)。阿荣伯也说："一年一回嘛，要他们大大小小吃得高高兴兴的。"他特地雕了一方小模型给我做糕用。我学大人们把蒸熟加了红糖的米团，一个个镶在模型里压平，等凉了倒出来就是整齐有花纹的年糕。我把自己做的小年糕和大人们做的大年糕一一排在木板上，阿荣伯用毛笔蘸了洋红水，在每块上点上一点，就是"富贵糕"了。我抢着点洋红的工作，点一块、念一声"大吉大利"。母亲说："大乞丐给大年糕，小乞丐给小年糕。"阿荣伯又用米团做了大大小小的元宝。正月里，乞丐们常常是祖孙三代像一条长龙似的游来了，阿荣伯就把大元宝捧给白发老人，小元宝给他们的孙儿孙女。看他们一个个脸上浮现欢乐的笑容，老人们连声念："天保佑你们大富大贵，明里去了暗里来。"我眼看他们牵着一大串孩子走了，常常问阿荣伯："明年他们长大点了，还当不当乞丐呢？他们为什么不上学呢？"阿荣伯说："他们读什么书？长大了能学会一点手艺，有个正当工作做就算好了。"母亲却叹口气说："只怕他们从小跟着大人讨饭学懒了，不肯学手艺，这就叫穷人的命，富贵的病啊!"小帮工阿喜说:"不会的啦!我小时候也当过讨饭的哩,是三画阿王公公把我送给你们家,太太和阿荣伯收留了我,我不是很勤奋吗?"阿荣伯用旱烟筒轻轻敲一下他的头说:"像你这样的好命有几个?"我悄悄地跟阿喜说:"我们劝大乞丐不要带他们的孩子来讨饭,送他们去小学读书,并不要钱的呀。"阿喜摇摇头说:"办不到,你不知道,过年时来的小孩并不都是他们自己的儿女,只为想多讨点年糕,要了别人的孩子来轮流冒充儿女的。"我听得心里茫茫然,问阿荣伯为什么他们愿意跟别人讨饭,阿荣伯却又只顾抽旱烟不作声了。

阿荣伯和阿喜一老一小,是我最要好的朋友,越是过年我越黏着他们。跟阿荣伯在谷仓里摆上元宝,跟阿喜在大年夜点"风水烛"。母亲把山薯切成大小均匀的方块,插上竹签,点燃了小蜡烛。我帮阿喜提篮子在大院落各处摆上,全幢大第都显得亮晃晃一片光明。母亲和阿荣伯都念念有词地说:"风水烛,年年丰足,年年丰足。……"

就在这样欢乐的祝贺声中,农历新年开始了。

看庙戏

　　我家乡旧时代的农村生活，非常勤俭简朴，只有在过新年时才有几天休闲。大家吃完晚饭后，就在厨房里围坐在大灶边取暖。我家那时有两位长工，一位小帮工阿喜，都听老长工阿荣伯的指挥。我是阿荣伯的爱宠，阿喜又是我的好朋友，于是我吃着阿喜为我烤的热烘烘香喷喷的甜山薯，靠在阿荣伯怀里听他讲关公、岳飞的忠义故事，实在是快乐无比。

　　将近农历新年时，镇上照例要在庙里演两天戏，感谢神佛一年的照顾。可惜腊月从城里请来的总是最穷最破的班子，因为家家都在忙过年，没有大人看戏，只有小孩子在台下啃甘蔗、吃橘子，追来追去。大概连神佛都没兴趣看那穿旧兮兮戏装的破班子。神佛要看的不是腊月的关门戏，而是正月初六七热热闹闹、行头簇新的开门戏吧！

　　但是无论多破的班子，阿荣伯都要带我去看戏。有一个晚上天好冷，他仍要带我去，我抱怨说："不要去嘛，在家里烤火吃甜山薯，听你讲三国演义多好玩。破班子的戏，多难看呀！"阿荣伯却生气地说："怎么可以这样讲？越是破班子，越该去给他们捧捧场。多给他们叫几声好，不然他们辛辛苦苦演了没人看，多冷清呀！"

阿喜连声说"对，对"，就陪着一同去。到了庙里，正殿天井里只有零零落落几个人，连小孩子也不看戏，只三三两两坐在地上斗纸牌。我们三个人站在离戏台很近的地方，不管台上走出了一个什么样的人物来，阿荣伯都使劲拍手叫好。阿喜也跟着喊"好啊！好啊！"我却一点也看不懂他们在演什么。只看他们稀稀落落几个人穿着破烂戏装在台上走来走去，唱的声音有气无力。阿喜说当中那个穿旧龙袍的是皇帝，手里牵着穿黄袍的孩子是太子，太子前额正中有一点深红点子，脸圆圆的很好玩。但是看他在打哆嗦，一定是太冷了。他被皇帝爸爸牵来牵去，皇帝咿咿呀呀地唱了一阵，两个人就都下去了。我看得只想打瞌睡，却见那个太子已换了件破棉袄，从台下的木栅破洞钻出来，走到走廊里一个馄饨担子边上，呆呆地看，只咽口水。阿荣伯说他真是饿了，就走过去摸出三个铜板给馄饨担子，买了碗馄饨递给他，他犹疑了一下，就接过去唏哩呼噜地吃了。我看他额头上的深红点子还没擦掉，走过去轻声对他说："你是当太子的。"他生气地说："我不是太子，我一会儿当太子，一会儿当叫化子，我什么也不是。"我吓得不敢作声了，却伸手在口袋里摸了下母亲给我买鞭炮的一个银角子，很想拿出来给他却又不敢，悄悄问阿喜可不可以给他，阿喜说："他是戏团儿(家乡话演戏的人叫戏团儿)，不是讨饭的，你不可以给他钱。"我只好怅怅地走向阿荣伯身边。直等他把三出戏看完，才带着我们回家。

一路上，我的手一直在口袋里摸着那个银角子，心想那个太子如果有一个银角子，就可以吃好多碗馄饨了。而我却拿银角子买鞭炮，一下子就放光了。为什么当戏团儿的孩子会那么苦，口袋里连三个铜板都没有呢？这样想来想去，心里就很不快乐。阿喜问我为什么发呆，我说我在想那个太子吃馄饨的样子，阿喜噗哧一声笑了。我问他笑什么？他说："我知道你一定在担心，明天没有人给他铜板买馄饨吃吧！愁不了那么多的，世上穷苦的人太多了，各人头顶一片天。小戏团儿还算好，有吃有穿，有师父照顾，还能有一个个地方云游。"我问他："你是不是也想当戏团儿去云游呢？"他想了想说："若是当初三画阿公不收留我，我娘带我当一阵讨饭的以后，一定会把我卖给戏班子里，我不就当了小戏团儿吗？三画阿公想想自己年纪大了，才和阿荣伯商量，把我送到你们家当小帮工，你们大户人家积福积德，你妈妈待我这么好，我真是好运气啊。"我听了心里有说不出的感动，觉得我也很运气，有阿喜做伴，阿喜就像是我亲哥哥一般，因为哥哥一直在北平不回来啊！

我们一路谈着回家，心头感到很温暖。听阿喜说的"各人头顶一片天"，我也就用不着替那小戏团儿担忧了。

钓 鱼

　　中国旧时代的文人，为了排遣悠闲岁月，享受与世无争的情趣，吟诗作赋之外，不是下棋，就是钓鱼。记得有一副巧联是："松下嗣棋，松子每随棋子落。柳边垂钓，柳丝常如钓丝悬。"那种情景，确乎是令人神往的。

　　用"下棋"来消磨光阴，在分秒必争的忙碌现代人，是无法想象的。而钓鱼一事，在我的感觉上，实在是一种非常残忍的娱乐方式。试想鱼儿在水中悠游自在，你却用钓饵去引诱它，戏弄它，用铁钩刺穿它的嘴唇，把它活生生提出水面，看它在空中作垂死的挣扎，多么痛楚？更莫说血淋淋地烹而食之了。

　　有人说，拿渔网捕鱼是残忍的，用钓钩钓它并不算残忍，因为那是鱼儿自愿上钩，这是掩耳盗铃的自欺之言。试想人类侵犯到鱼儿活动的范围里，设下置之死地的陷阱，不是残忍是什么？

　　据说被尊为"人道主义之父"的传教士史怀博士，怀着一腔仁慈之心，戒绝了钓鱼，且苦口婆心劝世人不要去伤害戏弄小生命。可见慈悲心怀，人皆有之，岂止限于佛教信徒？

　　回想先父于退休乡居时，曾以钓鱼为乐。每回去钓鱼，母亲心中总十分不悦，但因碍于随侍在父亲身边的二娘，只好隐忍不言。我本是个贪玩孩子，却怕看钓鱼，因为我不忍眼看泥土里挖出来活生生的蚯蚓，被掐成一段段作为钓饵。那寸断的残躯，在洋铁罐里仍不停地扭动，不停地颤抖，我也禁不住浑身颤抖。我更不忍眼看那上了钩的鱼儿，从水里被提出来，在空中翻腾挣扎的惨状。

有一次，父亲命厨子把他自己钓的鱼，烹来下酒，边喝边吟诗，一不小心鱼刺卡住了喉咙，咳呛很久取不出来，十分的痛楚，诗兴当然全无了。母亲在厨房里知道了，轻声说了句"现世报"，却又急忙捣了新鲜橄榄汁，和了上好陈年老醋，命我端给父亲含在口中慢慢咽下，鱼刺果然被化掉了。

父亲满心感激地对我说："你妈妈偏方真多，心肠真好，你要孝顺她哟！"

我低声说："妈妈对您这么好，您叫我孝顺她，您为什么不对她好点呢？"

说完，我就回厨房告诉母亲，母亲叹口气说："你不用孝顺我，只要劝劝你爸爸，不要钓鱼，不要杀生就好了。"

我把话传给父亲听时，他连连点头。坐在他身旁的二娘却一直定定地看着我，我忽然感到心里一阵懊恼，奔向母亲，竟伏在她怀中大哭起来。母亲摸摸我的头，轻声地说："不要哭，不要生气，你爸爸一定会听你话的。"

母亲和父亲很少面对面说话的。自从那次父亲被鱼骨卡伤，含了母亲捣的橄榄汁，得以平安无事以后，他真的不再钓鱼了。在母亲心中，她一定觉得自己已经面对面劝过父亲了吧！

我家迁居杭州以后，父亲当然不再有钓鱼的机会。但他曾学着骚人墨客，作过两句自己很得意的诗："门临花市占春早，居近湖滨归钓迟。"

其实呢？我们的住宅离两湖相当远，而且靠湖滨的公园，终日游人如织，根本没一处可以垂钓。至于"花市"，只不过是一条十丈红尘的马路而已。何来的花呢？当时取名为"花市路"，不知是路的幸，还是花的不幸。回想我住在那幢重门深锁、暗沉沉房子里的时日，就从未感受到丝毫"花"的清香气息。父亲吟着"占春早""归钓迟"，无非是他的笔底文章而已！

前年秋间，我曾经回到杭州，曾经驱车一探"花市路"旧宅。只见围墙剥蚀，铁门已改为灰土土的小门。门内是如何景象，我实在无心过问，想来定已面目全非。我只在门外驻足片刻，就怅然离去了。

双亲早逝，人事无常，身外之物，又有什么值得留恋的？我不免又想起先父的那两句诗："门临花市占春早，居近湖滨归钓迟。"就随口接了两句"人世几番华屋，感疮痍满目泪沾衣"啊！

万金油的故事

　　头有点晕晕的，抹上大陆友人寄来的清凉油，舒服多了。一位好友又特地给我送来一盒万金油，是用小小玻璃瓶装的。六角形，金色盖子上一只飞腾的老虎，真是虎虎有生气。我最爱各种各样的小瓶子，这个小瓶子装的是香香的万金油，我更爱不释手了。

　　其实，清凉油与万金油药效差不多，而我对万金油却另有一分深深的情谊。话就得从童年时代我的两位老朋友说起。

　　阿荣伯伯和阿标叔叔，是两位分不开、打不散的好友，但两位老人却没有一天不斗嘴。有时争吵得面红耳赤，能整天不再说一句话。最后全靠妈妈这位和事佬，温一壶陈年老酒，切一大盘香喷喷的酱鸭，让他们俩在厨房的餐桌边对坐下来，慢慢地喝着酒、啃着酱鸭，气也就慢慢地消了。我呢？正好左右逢源，有得吃又有热闹看，就一直黏在边上，再也不肯回那暗洞洞的书房，跟老学究啃四书了。

　　有一次，阿荣伯伤风了。在那年代，我家乡话没有"感冒"这两个字的。轻微的受凉叫作"伤冷棍"，意思也许是不小心着了一记冷棍，四肢有点酸软，眼泪鼻涕一直流，但并不发烧，人照样可以忙来忙去地工作。伤风呢？就严重多了，发烧头痛，躺在床上起不来。阿荣伯先是"伤冷棍"，没当心就转为伤风了。他心里挂记田里的工作，因为正是忙碌的春耕时节。妈妈连忙熬了生姜红糖汤给他喝，一点也不管事。顽皮的小叔说抽一筒大烟就会好，他总认为鸦片烟是治百病的万灵丹。我呢？急得在厨房里团团转。我挂心阿荣伯，他的呻吟声我都听到，但妈妈不让我进他房间，生怕会传染。我想到自己生病的时候，阿荣伯一定来陪我，讲故事、唱山歌给我听。他病了，我连看都不去看他，怎么能算是他的好朋友呢？我又怎么对得起他呢？幸得有阿标叔给他倒茶倒水，用菜油熬生姜给他浑身地擦。看阿标叔眉头紧锁、满面愁云，连每天必定要做的浇花剪草工作，都没心情做了。小叔点头叹息道："他俩真是同气连根的朋友啊！"我心里好感动，才知道他们平常天天斗嘴，只是好玩而已。我也想起自己和远在北京的哥哥，也是同气连根，真盼望他能快快回来，回来以后，我一定不跟他吵架了。

　　一家人正在愁眉不展中，妈妈忽然想起她最敬重的桥头阿公，有什么疑难问题，他都会替我们出主意。妈妈就让阿标叔快快去请教他。阿标叔马上去了，不久就笑逐颜开地回来，从口袋里摸出一个圆圆的小红铁盒，告诉妈妈说："这是从远远的外国——南洋带来的万金油，给他抹在太阳穴、后颈窝、四肢关节、鼻孔、肚脐上，通通气，出一身汗就会好。"妈妈连忙合掌拜佛，感谢菩萨保佑。

　　阿标叔兴冲冲地给阿荣伯抹万金油时，却听阿荣伯大声地叫：

"我不要抹这种洋药，我要擦新鲜的薄荷叶。"阿标叔理也不理就给他浑身抹了。出来时把那小红盒子小心地收在厨房碗橱抽屉里，吩咐我不许乱动。我只好说："用完以后，壳壳要给我哟！"（壳壳是乡下孩子的话，小盒子的意思）他摸摸我的头说："去向桥头阿公要吧！他有的是各种壳壳。是他外甥从南洋带来给他的。"我心里想，南洋好远啊！一定比爸爸那儿的北京还远。不然的话，爸爸为什么不买点小红盒的万金油寄给我们呢？妈妈常常喊头痛，我也常常会"伤冷棍"呀！

阿荣伯病好以后，和阿标叔仍旧是说不到几句话就斗起嘴来。妈妈说："阿荣伯，你不要忘了阿标叔给你抹万金油的情谊啊！"他才不作声了。

有一天，阿标叔去城里办事，天黑才回来。他说没赶上最后一班小火轮，是搭小舢板回来的。妈妈说："你办事牢靠，怎么会没赶上小火轮呢？"他笑嘻嘻地从口袋里摸出三盒万金油说："就为买这东西，找了好几家药铺才买到。现在伤风的人很多，万金油都缺货哩。"说着。他递一盒给妈妈，让她放在身边，头痛时就抹一点。又递一盒给阿荣伯说："我们一人一盒，都放在贴身口袋里，包你百病消除。"

顽皮的小叔看在眼里，就用评剧道白的调子有板有眼地说："大嫂呀大嫂，这万金油嘛，是万灵丹哟！"

妈妈哈哈大笑起来，我却央求道："壳壳都要给我啊！"

阿荣伯抱起我说："你放心，等我和阿标叔合买的彩券中了头彩，我们就打个黄金的壳壳给你。"

阿标叔高兴起来，也学小叔用京腔唱起来：

"那才是万金、万万金的黄金万金油哪！"

月光饼

月光饼也许是我故乡特有的一种月饼，每到中秋，家家户户及各商店，都用红丝带穿了一个比脸盆还大的月光饼，挂在屋檐下。廊前摆上糖果，点起香烛，和天空的一轮明月，相映成趣。月光饼做得很薄，当中夹一层稀少的红糖，面上撒着密密的芝麻。供过月亮以后，拿下来在平底锅里一烤，掰开来吃，真是又香又脆。月光饼面积虽大，分量并不多，所以一个人可以吃一个，我总是首先抢到大半个，坐在门槛上慢慢儿地掰开嚼，家里亲友们送来的月饼很多，每个上面都有一张五彩画纸，印的是"嫦娥奔月"、"刘备招亲"、"西施拜月"等等的图画。旁边还印有说明。我把这些五彩画纸抽下来，要大人们给我讲上面的故事。几年的收藏积蓄，我有了一大沓。长大以后，我还舍不得丢掉，时常拿出来看看，还把它钉成一本，留作纪念。

我有一个比我只大两岁的表姑，她时常在我家度中秋节，她也喜欢吃月光饼。有一次，她拿了三张五彩画纸要跟我换一个饼，我要她五张，她不肯。两个人就吵起来。她的脸很大很扁，面颊上还长了不少雀斑。我指着她的脸说："你还吃月光饼！再吃，脸长得更大更扁，雀斑就跟饼上的芝麻那么多了。"这句话真伤了她的心，就掩面哭泣起来，把一叠画纸撕成片片地扔掉。我也把月光饼扔在地上，用脚一踩踩得粉碎，心里不免又心疼又后悔，也就哇的一声哭起来。母亲走来狠狠地训我一顿，又捧了个刚烤好的月光饼给表姑，表姑抹去眼泪，看看饼，抬眼望着母亲问道："表嫂，您说我脸上的雀斑长大以后会好吗？"母亲抚着她的肩说："你放心吧！女大十八变，变张观音面。你越长大，雀斑就越隐下去了。"母亲又笑笑说："你多拜拜月亮菩萨，保佑你长得美丽。月光饼供过月亮，吃了也会使你长漂亮的。"表姑半信半疑地摸着月光饼面上的芝麻，和我两个人呆愣愣地对望了好一会儿，她忽然掰下半个饼递给我说："我们分吧！我跟你要好。"我看看地上撕碎了的画纸与踩烂的饼屑，感谢万分地接过饼，跟表姑手牵手悄悄地去后院里，恭恭敬敬地向天上的月亮拜三拜，我们都希望自己长大了有一张观音面。

表姑长大以后，脸上的雀斑不但没有隐去，反而更多了。可是婚后夫妻极为恩爱，她生的两个女儿，都出落得玫瑰花儿似的。我们见面时谈起幼年抢吃月光饼和拜月亮的事情，她笑笑说：

"月亮菩萨还是听到我的祷告的。我自己脸上的雀斑虽然是越来越多，而她却保佑我有一对美丽的女孩子。"

台湾是产糖的地方，各种馅儿的月饼，做得比大陆上的更腻口，想起家乡的月光饼，那又香又脆的味儿好像还在嘴边呢！

中秋节，一年又一年地，来了又过去，什么时候回家乡去吃月光饼呢？

桂花雨

　　中秋节前后，就是故乡的桂花季节。一提到桂花。那股子香味就仿佛闻到了。桂花有两种，月月开的称木樨，花朵较细小，呈淡黄色，台湾好像也有，我曾在走过人家围墙外时闻到这股香味，一闻到就会引起乡愁。另一种称金桂，只有秋天才开，花朵较大，呈金黄色。我家的大宅院中，前后两大片广场，沿着围墙，种的全是金桂。唯有正屋大厅前的庭院中，种着两株木樨、两株绣球。还有父亲书房的廊檐下，是几盆茶花与木樨相间。

　　小时候，我对无论什么花，都不懂得欣赏。尽管父亲指指点点地告诉我，这是凌霄花，这是叮咚花，这是木碧花……我除了记些名称外，最喜欢的还是桂花。桂花树不像梅花那么有姿态，笨笨拙拙的，不开花时，只是满树茂密的叶子，开花季节也得仔细地从绿叶丛里找细花，它不与繁花斗艳。可是桂花的香气味，真是迷人。迷人的原因，是它不但可以闻，还可以吃。"吃花"在诗人看来是多么俗气，但我宁可俗，就是爱桂花。

　　桂花，真叫我魂牵梦萦。

　　故乡是近海县份，八月正是台风季节。母亲称之为"风水忌"。桂花一开放，母亲就开始担心了："可别做风水啊！"（就是台风来的意思。）她担心的第一是将收成的稻谷，第二就是将收成的桂花。桂花也像桃梅李果，也有收成呢。母亲每天都要在前后院子走一遭，嘴里念着："只要不做风水，我可以收几大箩。送一斗给胡宅老爷爷，一斗给毛宅二婶婆，他们两家糕饼做得多。"原来桂花是糕饼的香料。桂花开得最茂盛时，不说香闻十里，至少前后左右十几家邻居，没有不浸在桂花香里的。桂花成熟时，就应当"摇"，摇下来的桂花，朵朵完整、新鲜，如任它开过谢落在泥土里，尤其是被风雨吹落，那就湿漉漉的，香味差太多了。"摇桂花"对于我是件大事，所以老是盯着母亲问："妈，怎么还不摇桂花嘛？"母亲说："还早呢，没开足，摇不下来的。"可是母亲一看天空阴云密布，云脚长毛，就知道要"做风水"了，赶紧吩咐长工提前"摇桂花"，这下，我可乐了。帮着在桂花树下铺篾簟，帮着抱桂花树使劲地摇，桂花纷纷落下来，落得我们满头满身，我就喊："啊！真像下雨，好香的雨啊！"母亲洗净双手，撮一撮桂花放在水晶盘中，送到佛堂供佛。父亲点上檀香，炉烟袅袅，两种香混合在一起，佛堂就像神仙世界。于是父亲诗兴发了，即时口占一绝："细细香风淡淡烟，竞收桂子庆丰年。儿童解得摇花乐，花雨缤纷入梦甜。"诗虽不见得高明，但在我心目中，父亲确实是才高八斗，出口成诗呢。

桂花摇落以后，全家动员，拣去小枝小叶，铺开在簟子里，晒上好几天太阳，晒干了，收在铁罐子里，和在茶叶中泡茶，做桂花卤，过年时做糕饼。全年，整个村庄，都沉浸在桂花香中。

念中学时到了杭州，杭州有一处名胜满觉垄，一座小小山坞，全是桂花，花开时那才是香闻十里。我们秋季远足，一定去满觉垄赏桂花。"赏花"是借口，主要的是饱餐"桂花栗子羹"。因满觉垄除桂花以外，还有栗子。花季栗子正成熟，软软的新剥栗子，和着西湖白莲藕粉一起煮，面上撒几朵桂花，那股子雅淡清香是无论如何没有字眼形容的。即使不撒桂花也一样清香，因为栗子长在桂花丛中，本身就带有桂花香。

我们边走边摇，桂花飘落如雨，地上不见泥土，铺满桂花，踩在花上软绵绵的，心中有点不忍。这大概就是母亲说的"金沙铺地，西方极乐世界"吧。母亲一生辛劳，无怨无艾，就是因为她心中有一个金沙铺地、玻璃琉璃的西方极乐世界。

我回家时，总捧一大袋桂花回来给母亲，可是母亲常常说："杭州的桂花再香，还是比不得家乡旧宅院子里的金桂。"

于是我也想起了在故乡童年时代的"摇花乐"，和那阵阵的桂花雨。

春　酒

　　农村时代的新年是非常长的，过了元宵灯节，年景尚未完全落幕，还有个家家邀饮春酒的节目，再度引起高潮。在我的感觉里，其气氛之热闹，有时还超过初一至初五的五天新年呢。原因是：新年时，注重在迎神拜佛，小孩子们玩儿不许在大厅上、厨房里，撞来撞去，生怕碰碎碗盏。尤其我是女孩子，蒸糕时，脚都不许搁在灶孔边，吃东西不许随便抓，因为许多都是要先供佛与祖先的。说话尤其要小心，要多讨吉利，因此觉得很受拘束。过了元宵，大人们觉得我们都乖乖的，没闯什么祸，佛堂与神位前的供品换下来的堆得满满一大缸，都分给我们撒开地吃了。尤其是家家户户，轮流地邀喝春酒，我是母亲的代表，总是一马当先，不请自到，肚子吃得鼓鼓的，手里还捧一大包回家。

　　可是说实在的，我家吃的东西多，连北平寄回来的金丝蜜枣、巧克力糖都吃过，对于花生、桂圆、松糖等等，已经不稀罕了。那么我最喜欢的是什么呢？乃是母亲在冬至那天就泡的八宝酒，到了喝春酒时，就开出来请大家尝尝，"补气、健脾、明目的哟！"母亲总是得意地说。她又转向我说："但是你呀，就只能舔一指甲缝，小孩子喝多了会流鼻血，太补了。"其实我没等她说完，早已偷偷把手指头伸在杯子里好几回，已经不知舔了多少个指甲缝的八宝酒了。

八宝酒，顾名思义是八样东西泡的酒，那就是黑枣（不知是南枣还是北枣）、荔枝、桂圆、杏仁、陈皮、枸杞子、薏仁米，再加两粒橄榄。要泡一个月，打开来，酒香加药香，恨不得一口气喝它三大杯。母亲给我在小酒杯底里只倒一点点，我端着、闻着，走来走去，有一次一不小心，跨门槛时跌了一跤，杯子捏在手里，酒却全洒在衣襟上了。抱着小花猫时，它直舔，舔完了就呼呼地睡觉，原来我的小花猫也是个酒仙呢！

我喝完春酒回来，母亲总要闻闻我的嘴巴，问我喝了几杯酒，我总是说："只喝一杯，因为里面没有八宝，不甜呀。"母亲听了很高兴，自己请邻居来吃春酒，一定每人给他们斟一杯八宝酒。我呢，就在每个人怀里靠一下，用筷子点一下酒，舔一舔，才过瘾。

春酒以外，我家还有一项特别节目，就是喝会酒。凡是村子里有人需钱急用，要起个会，凑齐十二个人。正月里，会首总要请那十一位喝春酒表示酬谢，地点一定借我家的大花厅。酒席是从城里叫来的，和乡下所谓的八盘五、八盘八不同（就是八个冷盘，当中五道或八道大碗的热菜），城里酒席称之为"十二碟"（大概是四冷盘、四热炒、四大碗煨炖大菜），是最最讲究的酒席了。所以乡下人如果对人表示感谢的口头话，就是说"我请你吃十二碟"。因此，我每年正月里喝完左邻右舍的春酒，就眼巴巴地盼着大花厅里那桌十二碟的大酒席了。

母亲是从不上会的，但总是很乐意把花厅供给大家请客，可以添点新春喜气。花匠阿标叔也巴结地把煤气灯玻璃罩擦得亮晶晶的，呼呼呼地点燃了，挂在花厅正中，让大家吃酒时发拳吆喝，格外兴高采烈。我呢，一定有份坐在会首旁边，得吃得喝。这时，母亲就会捧一瓶她自己泡的八宝酒给大家尝尝助兴。

席散时，会首给每个人分一条印花手帕，母亲和我也各有一条，我就等于有了两条，开心得要命。大家喝了甜美的八宝酒，都问母亲里面泡的是什么宝贝，母亲得意地说了一遍又一遍，高兴得两颊红红的，跟喝过酒似的。其实母亲是滴酒不沾唇的。

不仅是酒，母亲终年勤勤快快地，做这做那，做出新鲜别致的东西，总是分给别人吃，自己都很少吃的。人家问她每种材料要放多少，她总是笑眯眯地说："差不多就是了，我也没有一定分量的。"但她还是一样一样仔细地告诉别人。可见她做什么事，都有个尺度在心中的。她常常说："鞋差分，衣差寸，分分寸寸要留神。"

今年，我也如法炮制，泡了八宝酒，用以供祖后，倒一杯给儿子，告诉他是"分岁酒"，喝下去又长大一岁了。他挑剔地说："你用的是美国货的葡萄酒，不是你小时候家乡自己酿的酒呀。"

一句话提醒了我，究竟不是道地家乡味啊。可是叫我到哪儿去找真正的家醅呢？

143

金盒子

　　记得五岁的时候，我与长我三岁的哥哥就开始收集各色各样的香烟片了。经过长久的努力，终于把封神榜香烟片几乎全部收齐了。我们就把它收藏在一只金盒子里——这是父亲给我们的小小保管箱，外面挂着一把玲珑的小锁。小钥匙就由我与哥哥保管。每当父亲公余闲坐时，我们就要捧出金盒子，放在父亲的膝上，把香烟片一张张取出来，要父亲仔仔细细给我们讲画面上纣王比干的故事。要不是严厉的老师频频促我们上课去，我们真不舍得离开父亲的膝下呢！

　　有一次，父亲要出发打仗了。他拉了我俩的小手问道："孩子，爸爸要打仗去了。回来给你们带些什么玩意儿呢！"哥哥偏着头想了想，拍着手跳起来说："我要大兵，我要丘八老爷。"我却很不高兴地摇摇头说："我才不要，他们是要杀人的呢！"父亲摸摸我的头笑了。可是当他回来时，果然带了一百名大兵来了。他们一个个都雄赳赳地，穿着军装，背着长枪。幸得他们都是烂泥做的，只有一寸长短，或立或卧，或跑或俯，煞是好玩。父亲分给我们每人五十名带领。这玩意儿多么新鲜？我们就天天临阵作战。只因过于认真了，双方的部队都互有损伤。一两个星期以后，他们都折了臂断了脚，残废得不堪再作战了，我们就把他们收容在金盒子里作长期的休养。

我六岁那一年，父亲退休了。他要带哥哥北上住些日子，叫母亲先带我南归故里。这突如其来的分别，真给我们兄妹十二分的不快。我们觉得难以割舍的还有那唯一的金盒子，与那整套的封神榜香烟片。它们究竟该托付给谁呢？两人经过一天的商议，还是哥哥慷慨地说："金盒子还是交给你保管吧！我到北平以后，爸爸一定会给我买许多玩意儿的！"

金盒子被我带回故乡。在故乡寂寞的岁月里，又受着家庭教育严厉的管束，童稚的心，已渐渐感到孤独与烦躁。幸得我已经慢慢了解封神榜香烟片背后的故事说明了。我又用烂泥把那些伤兵一个个修补起来。我写信告诉哥哥说金盒子是我寂寞中唯一的良伴，他的回信充满了同情与思念。他说：明年春天回来时定给我带许多好东西，使我们的金盒子更丰富起来。

第三年的春天到了，我天天在等待哥哥的归来。可是突然一个晴天霹雳似的电报告诉我们，哥哥竟在将要动身的前一星期，患急性肾脏炎去世了。我已不记得当这噩耗传来的时候，是怎样哭昏过去的，只觉得醒来时，已躺在母亲的怀里，仰视泪痕斑斑的母亲，孩子的心，已深深经验到人事的变幻无常。我除了恸哭，更能以什么话安慰母亲呢？

金盒子已不复是寂寞中的良伴，而是逗人伤感的东西了。我纵有一千一万个美丽的金盒子，也抵不过一位亲爱的哥哥。我虽是个不满十岁的孩子，却懂得不在母亲面前提起哥哥，只自己暗中流泪。每当受了严师的责罚，或有时感到连母亲都不了解我时，我就独个儿躲在房里，闩上了门，捧出金盒子，一面搬弄里面的玩物，一面流泪，觉得满心的忧伤委屈，只有它们才真能为我分担呢！

　　父亲安顿了哥哥的灵柩以后，带着一颗惨痛的心归来了。我默默地靠在父亲的膝前，他颤抖的手托着我，他早已呜咽不能成声了。三四天后，他才取出一个小纸包说："这是你哥哥在病中用包药粉的红纸做成的许多小信封，一直放在袋里，原预备自己带给你的。现在你拿去好好保存着吧！"我接过来打开一看，原来是十只小红纸信封，每一只里面都套有信纸，上面都用铅笔画着"松柏常青"四个空心篆字，其中一个，已写了给我的信。他写着："妹妹，我病了不能回来，你快与妈妈来吧！我真寂寞，真想念妈妈与你啊！"可怜的我，那一晚上整整哭到夜深。第二天就小心翼翼地把小信封收藏在金盒子里，这就是他留给我唯一值得纪念的宝物了。

　　我十九岁的时候，母亲因不堪家中的寂寞，领了一个族里的小弟弟。他是个十二分聪明的孩子，父母亲都非常爱他，给他买了许多玩具。我也把我与哥哥幼年的玩具都给了他，却始终藏着这只小金盒子，再也不舍得给他。有一次，不幸被他发现了，他就跳着叫着一定要。母亲带着责备的口吻说："这么大的人了，还与六岁的小弟弟争玩具呢！"我无可奈何，含着泪把金盒子让给小弟弟，却始终不忍将一段爱惜金盒子的心事，向母亲吐露。

金盒子在六岁的童孩手里显得多么不坚牢啊！我眼看他扭断了小锁，打碎了烂泥兵，连那几只最宝贵的小信封也几乎要遭殃了。我的心如绞着一样痛，乘着母亲不在，急忙从小弟弟手里救回来，可是金盒子已被摧毁得支离破碎了。我禁不住由心疼而愤怒，我打了他，他也骂我"小气的姐姐"，他哭了，我也哭了。

一年又一年地，弟弟已渐渐长大，他不再毁坏东西了。九岁的孩子，就那么聪明懂事，他已明自我爱惜金盒子的苦心，帮着我用美丽的花纸包扎起烂泥兵的腿，用铜丝修补起盒子上的小锁，说是为了纪念他不曾晤面过的哥哥，他一定得好好爱护这只金盒子。我们姊弟间的感情，因而与日俱增，我也把思念哥哥的心，完全寄托于弟弟了。

弟弟十岁那年，我要离家外出，临别时，我将他的玩具都理在他的小抽屉中，自己带了这只金盒子在身边，因为金盒子对于我不仅是一种纪念，而且是骨肉情爱之所系了。

作客他乡，一连就是五年，小弟弟的来信，是我唯一的安慰。他告诉我他已经念了许多书，并且会画图画了。他又告诉我说自己的身体不好，时常咳嗽发烧，说每当病在床上时，是多么寂寞，多么盼我回家，坐在他身边给他讲香烟片上封神榜的故事。可是为了战时交通不便，又为了求学不能请假，我竟一直不曾回家看看他。

我不能不怨恨残忍的天心，在十年前夺去了我的哥哥，十年后竟又要夺去我的弟弟了。恍惚又是一场噩梦，一个电报告诉我弟弟突患肠热病。只两天就不省人事，在一个凄清的七月十五深夜，他去世了！临死时，他忽然清醒过来，问姊姊可曾回来。尝尽了人间的滋味，如今已无多少欢乐与哀愁，可是这一只金盒子，却总不能不使我黯然神伤。我不忍回想这接二连三的不幸事件，我是连眼泪也枯干了。

哥哥与弟弟就这样地离开了我，留下的这一只金盒子，给予我的惨痛是多么深！但正为它给予我如许惨痛的回忆，使我可以捧着它尽情一哭，总觉得要比什么都不留下好得多吧！

几年后，年迈的双亲，都相继去世了，这黯淡的人间，这茫茫的世路，就只丢下我踽踽独行。

如今我又打开这修补过的小锁，抚摸着里面一件件的宝物，贴补烂泥兵小脚的美丽花纸，已减退了往日的光彩，小信封上的铅笔字，也已逐渐模糊得不能辨认了。可是我痛悼哥哥与幼弟的心，却是与日俱增。因为这些黯淡的事物，正告诉我，他们离开我是一天比一天更远了。

闲　趣

一间属于自己的书房，多么让人感到舒畅、自由又温暖。

自己的书房

新加坡一位诗人好友久未来信，正惦念中，他的信到了，龙飞凤舞的字里，看出他的忙碌和兴高采烈。他告诉我最近搬了家，忙得人仰马翻，但高兴的是，十多年来读书写诗，今天才算真正有了一间属于自己的书房。

我也好为他欣喜。一间属于自己的书房，多么让人感到舒畅、自由又温暖。

环顾我自己呢？我就坐在客厅与饭厅的餐桌一角，读书、写稿。晚上他在家时，我们各据一方，一盏高而老的台灯，还是朋友从地下室掏出来送给我的。古色古香的灯罩上，我自己涂上了猫狗的儿童画。灯光一透出来，它们就活了，对我跳，对我笑。愈看愈满意自己的杰作。

我们在灯下看书报，谈心，涂涂写写。他那不熟练的打字机声，啪、啪、啪的很有节奏，但不至催我入梦，因为我正陶醉在诗词或小说里。有时念两句名句与他共享，他就会用四川乡音朗吟起来。那倒真有点催眠作用了。讲小说故事或技巧，他是不大有兴趣听的，因为他略微缺少点"文学的想象力"。他的兴趣在"踏踏实实的生活"上，如何改善生活，如何增进健康，是他喜欢研究的。我们虽道不同，仍可相与谋，因为我稿费的微薄收入归他经管，他的饮食归我料理。因此，一同挑灯夜读，仍旧其乐融融。

我们的书，从台湾带来一部分心爱的，来此后也陆续添了不少。但我们一直没有买书橱。就由他的巧手用卡通箱自制，倚着墙壁一字儿排开，他编的书目分类可使我信手抽出书来。"书橱"背上摆上各色盆花，迎着窗外的和风丽日，欣欣向荣。屋子坐北朝南，他说风水是最好的。不管风水吧，至少当窗的景观是这一批社区房屋中最好的之一。远处是青山绿树，近处是各型玲珑的房屋，屋前院子里四季花木扶疏。一到晚上，那远远近近的灯光令你着迷，静悄悄的小镇，就像属于你一个人的了。

我的"书房"，就是如此令我满意，尽管它是如此的简陋。

说实在的，我始终未曾有过一间真正的书房。但过去每间简陋的书房，都使我留下一段温馨的怀念。

刚到台湾时，行囊中只有《唐宋名家词选》一部小书和一本手抄的《心爱诗词选》（此书后来被一个爱书贼窃去，至为心痛）。工作安定以后，才在重庆南路、南昌街，省吃俭用地添购一些书。开始写作以后，文友赠书渐增，心灵天地也拓宽了。

但那时我的书房，上即是办公大楼底层，不满四叠的一间宿舍。书桌是一张有靠手的藤椅，上加一块他自己刨制的光滑木板。木板是万能的，移来移去当餐桌，当缝纫桌，也当书桌。书柜是三层木架，饰以绿帘。在那方寸的木板上，我有过泉涌的灵感，写下不少篇章。在楼上的办公室里，我也理出一角，在夜晚可以上来静静地看书写稿。白天，即使是嘈杂的谈话声或打字机声中，我仍可抽空阅读。二十多年的公务员生涯，我就在忙碌的工作中，不忘旧业，培养兴趣。在我心中，一直有一间"自己的书房"。我总尽量保有"亭子小如斗，我心宽似天"的境界，我从来没有羡慕别人富丽堂皇的房屋。

不敢说自己是淡泊，但能如此安于现状，不能不感谢童年时代那位认不得几个大字的阿荣伯，是他给我建造了第一间书房。在那里面，我很满足地感到，方寸之地便是自己的天地。在那里面，我早早养成易于满足的性格。

那时，乡间房屋虽大而松散，族里来往的亲戚多，好像每间屋子都有人住，总有人进进出出。我从小是个喜欢有个自己角落的人，而老师教我读书的书房又是那么的冰冷严肃。于是巧手的阿荣伯，就为我在楼上罕有人到的走马廊的一角，用木板隔出一间小小的房间。有一面倚着栏杆，可以远眺青山溪流与绿野平畴。阳光空气既好，又少蚊蝇来袭，有时小鸟飞来，停在栏杆上，友善地和我对望片时又悠然飞走。阿荣伯教我以小米喂它们以后，它们都停到我手背上来了。

房间里有一张小木桌、一张小木凳、一只矮木箱，里面藏的是老师不许看的小说，与小朋友交换来的香烟画片，还有阿荣伯的木炭画（那是他用木炭在粗纸上描的关公、张飞，这是他最敬佩的两位"神佛"。他说赵子龙太年轻了，画不好，关公和张飞的胡子很

153

好画)。我坐在里面，为的是逃学，偷看小说，吃花生糖、炒米糕、橘子。那都是趁母亲不备时偷来的，装在一个盒子里慢慢地吃。阿荣伯给我的是田里拔来的嫩番薯、嫩萝卜，都是母亲不许生吃的。阿荣伯说吃点泥土才会百病消除，长大得更快。

小书房曾一度被父亲命令拆除，阿荣伯再为建造。我那时还不到十岁，因母亲的忧郁感染了我，常觉得做人好苦，而萌逃世之念。阿荣伯说："把心思放在一样事情上，定一个心愿去做就快乐了。"

他的话很有道理，我就专心看小说，也背书，比在老师教我读书的真正书房里专心得多，因为这是我喜欢的地方，它使我有遗世独立之感。

我长大了，要出门求学，不能永远待在那间小书房里。可是小书房一直是我留恋记挂的。多少年后回到家乡，赶紧跑到楼上走马廊的一角看看，木板屋尚未拆除，里面小桌小凳都已不知去向，木箱仍在，里面还剩了一本《西游记》。我呆呆地站在那里，小时候的情景一幕幕想起来。木板小屋是阿荣伯的手艺，是他为我建造的书房。我的童年在此度过。阿荣伯教我的话，我也仍牢记心头。我虽不能再坐在这里面读书，但这间书房将永远在我心中。

今天，我清清静静地坐在书桌边，抬眼望窗外艳阳下的好风景，童年时代的第一间书房便涌现心头。它启示我如何排除忧患，知足常乐。

读书琐忆

我自幼因先父与塾师管教至严，从启蒙开始，读书必正襟危坐，面前焚一炷香，眼观鼻、鼻观心，苦读苦背。桌面上放十粒生胡豆，读一遍，挪一粒豆子到另一边。读完十遍就捧着书到老师面前背。有的只读三五遍就朗朗地会背，有的念了十遍仍背得七颠八倒。老师生气，我越发心不在焉。肚子又饿，索性把生胡豆偷偷吃了，宁可跪在蒲团上受罚。眼看着袅袅的香烟，心中发誓，此生绝不做读书人，何况长工阿荣伯说过："女子无才便是德。"他一个大男人，只认得几个白眼字（家乡话形容少而且不重要之意），他不也过着快快乐乐的生活吗？

但后来眼看五叔婆不会记账，连存折上的数目字也不认得，一点辛辛苦苦的钱都被她侄子冒领去花光，只有哭的份儿。又看母亲用颤抖的手给父亲写信，总埋怨词不达意，十分辛苦。父亲的来信，潦潦草草，都请老师或我念给她听。母亲劝我一定要用功。我才发愤读书，要做个"才女"，替母亲争一口气。

古书读来有的铿锵有味，有的拗口又严肃，字既认多了，就想看小说。小说是老师不许看的"闲书"，当然只能偷着看，偷看小说的滋味，不用说比读正经书好千万倍。我就把书橱中所有的小说，一部部偷出来，躲在远离正屋的谷仓后面去看。此处人迹罕到，又有阳光又有风。天气冷了，我发现厢房楼上走马廊的一角更隐蔽。阿荣伯为我用旧木板就墙角隔出一间小屋，屋内一桌一椅。小屋三面木板，一面临栏杆，坐在里面，可以放眼看蓝天白云，绿野平畴。晚上点上菜油灯，看《西游记》入迷时忘了睡觉。母亲怕我眼睛受损，我说栏杆外碧绿稻田，比坐在书房里面对墙壁熏炉烟好多了。我没有变成四眼田鸡，就幸得有此绿色调剂。

小书房被父亲发现，勒令阿荣伯拆除后，我却发现一个更隐蔽安全的处所。那是花厅背面廊下长年摆着的一顶轿子。三面是绿呢遮盖，前面是可卷放的绿竹帘。我捧着书静静地坐在里面看，绝不会有人发现。万一听到脚步声，就把竹帘放下，格外有一份与世隔绝的安全感。

我也常带左邻右舍的小游伴，轮流地两三人挤在轿子里，听我说书讲古。轿子原是父亲进城时坐的，后来有了小火轮，轿子就没用了，一直放在花厅走廊角落里，成了我们的世外桃源。游伴们想听我说大书，只要说一声："我们进城去。"就是钻进轿子的暗号。

在那顶轿子书房里，我还真看了不少小说呢。直到现在，我对于自己读书的地方，并不要求如何宽敞讲究，任是多么简陋狭窄的房子，一卷在手，我都能怡然自得，也许是童年时代的心理影响吧。

进了中学以后，高中的国文老师王善业先生，对我阅读的指导，心智的启发至多。他知道我已经看了好几遍《红楼梦》，就教我读王国维《红楼梦评论》。由小说探讨人生问题、心性问题。知道我在家曾读过《左传》《孟子》《史记》等书，就介绍我看朱自清先生《古书的精读与略读》，指导我如何吸取消化。那时中学生的课外书刊有限，而汗牛充栋的旧文学书籍，又不知如何取舍。他劝我读书不必贪多，贪多嚼不烂，徒费光阴。读一本必要有一本的心得，读书感想可写在纸上，他都仔细批阅。他说："如是图书馆借来的书，自己喜爱的章句当抄录下来，如果是自己的书，尽管在书上加圈点批评。所以会读书的人，不但人受书的益处，书也受人的益处。这就叫作'我自注书书注我'了。"他知道女生都爱背诗词，他说诗词是文学的，哲学的，也是艺术音乐的，多读对人生当另有体认。他看我们有时受哀伤的诗词感染，弄得痴痴呆呆的，就叫我们放下书本，带大家去湖滨散步，在照眼的湖光山色中讲历史掌故，名人轶事，笑语朗朗，顿使人心胸开朗。他说读书与交友像游山玩水一般，应该是最轻松愉快的。

高中三年，得王老师指导至多，也培养起我阅读的兴趣与精读的习惯。后来抗战期间，避寇山中，颇能专心读书，勤作笔记。也曾手抄喜爱的诗词数册，可惜于渡海来台时，行囊简单，匆遽中都未能带出，使我一生遗憾不尽。现在年事日长，许多读过的书，都不能记忆，顿觉腹笥枯竭，悔恨无已。

大学中文系夏瞿禅老师对学生读书的指点，与中学时王老师不谋而合。他也主张读书不必贪多，而要能选择，能吸收。以饮茶为喻，要每一口水里有茶香，而不是烂嚼茶叶。人生年寿有限，总要有几部最心爱的书，可以一生受用不尽。有如一个人总要有一二知己，可以托生死共患难。经他启发以后，常感读一本心爱之书，书中人会伸手与你相握，彼此莫逆于心，真有上接古人，远交海外的快乐。

最记得他引古人之言云："案头书要少，心头书要多。"此话对我警惕最多。年来总觉案头书愈来愈多，心头书愈来愈少。这也许是忙碌的现代人同样有的感慨。爱书人总是贪多地买书，加上每日涌来的报刊，总觉时间精力不足，许多好文章错过，心中怅惘不已。

回想当年初离学校，投入社会，越发感到"书到用时方恨少"。而碌碌大半生，直忙到退休，虽已还我自由闲身，但十余年来，也未曾真正"补读生来未读书"。如今已感岁月无多，面对爆发的出版物，浩瀚的书海，只有就着自己的兴趣，与有限的精力时间，严加选择了。

我倒是想起袁子才的两句诗："双目时将秋水洗，一生不受古人欺。"我想将第二句的"古"字改为"世"字。因他那时只有古书，今日出版物如此丰富，真得有一双秋水洗过的慧眼来选择了。

所谓慧眼，也非天赋，而是由于阅读经验的累积。分辨何者是不可不读之书，何者是可供浏览之书，何者是糟粕，弃之可也。如此则可以集中心力，吸取真正名著的真知灼见，拓展胸襟，培养气质，使自己成为一个快乐的读书人。

清代名士张心斋说："少年读书，如隙中窥月。中年读书，如庭中赏月。老年读书，如台上望月。"把三种不同境界，比喻得非常有情趣。隙中窥月，充满了好奇心，迫切希望领略月下世界的整体景象。庭中赏月，则胸中自有尺度，与中天明月，有一份莫逆于心的知己之感。台上望月，则由入乎其中，而出乎其外，以客观的心怀，明澈的慧眼，透视人生景象。无论是赞叹，是欣赏，都是一分安详的享受了。

快乐周末

在美国，日子不是一天一天地过，而是跨大步一周一周地过。过了周三，就觉得周末近了，又有个轻松快乐的周末了。因为我每天家居生活是刻板的，阅读书报、写作、写稿、看电视、洗刷、做饭，一天倒是飞快地过去，还总嫌时间不够用，但又盼快快到周末。

星期五他下班回来，哪怕高速公路再堵塞，车子牛行须花更多的时间，他一进门总是神清气爽地连声喊："肚子好饿，有什么好吃的没有？"不像其他日子，到家时总是没精打采地说："好累，我先躺一会儿再吃饭吧。"递给他什么美味都无兴趣。

到了周末他想到第二天早上可以睡个长长的觉，就高兴了。他是一直相信"食补不如睡补"的。我呢？也好开心，因为不必赶着给他做饭盒、削苹果、挤橘子水，而是他倒过来给我削苹果、挤橘子水，以慰我一周的辛劳。

周末确实太可贵，美国人到周末就互祝 have a nice weekend，确实有道理，尤其是遇上周五或周一放假的长周末，那简直是快乐得跟过新年一般。

我来美多年，若问我客中心情如何，我的回答很简单，只有三个字：盼周末。说来好可怜，因为我不会开车，平日除了在附近散散步以外，稍远的超级市场都得等他开车，若是访友，最近的距离也得一小时的车程，更须排在周末了。至于去购物中心满足参观欲，我已经很淡薄了，身外之物愈多愈烦恼。倒是偶然发现些精巧小饰物，我就会买下来以备寄给远方好友。我是"见小而不见大"的小人物，好友们也从不会因我千里迢迢寄小东西而笑我小器，因为那是我与好友分享的"快乐周末"的象征。

周六上午去超级市场，主要是买蔬菜水果、牛奶、面包，和极少量的肉类。我几乎已经是素食，只为他买点鸡胸肉炒来当配料。他抱怨鸡丝像只有掉在里面的几根，越吃越瘦。我说"千金难买老来瘦"啊！他只好忍受了。所以他看到了市场卖肉类的部门，徘徊久之，不忍离去，那副"过屠门而大嚼"的可怜相，不免也使我歉疚，就给他卤一次大块文章的牛肉，端进端出，吃得他厌了就不再怨没肉吃了。

我最喜欢在卖水果的部门转，哪一种水果都想买一点，尤其是葡萄柚。苹果种类最多，我又最爱吃苹果，我觉得在美国不吃苹果是白活了。而他呢！偏偏喜欢吃香蕉。在台湾时，他明明是不爱吃香蕉的呀，只因美国香蕉名贵，都撕开一根一根分等级地卖，他就挑贵的买，花钱过瘾嘛。所以，进了超级市场，我们就分道扬镳，各找各的东西，有时彼此商量一下，要不要买哪种水果，就非吵架不可。吵架的不只我们，我就看到好几对老夫老妻为了选东西吵架的。

有一件最开心的事，就是有一家超级市场，进门处摆有热腾腾的咖啡，每个人都会先上前去倒一杯来喝，我一定加足了牛奶和糖，有一点"不吃白不吃"的贪心吧！边喝边计算这一杯咖啡，在台北咖啡屋里起码得几十元新台币吧！两人喝两杯咖啡，也算值回票价了。这家市场，很懂得招徕顾客。

买完蔬菜水果，我就去看各种各样的饼干，各种各样的蛋糕材料。各种盒子外面画的，都很吸引人，我试过好多种，上过好多次当，现在已认定某一种蛋糕材料，但饼干还是喜欢每周试一种，总会碰上最可口的。

冰淇淋，我不知从什么时候已开始不喜欢，他却兴趣正浓，每天总是饭后一杯，希望"增磅"，不知他何以如此"自重"。我却只买脱脂奶粉，自制 Yogurt。相形之下，我是个比较能控制饮食的人。

我喜欢看美国老太太选购蛋糕糖果、甜食，站在一排糖果桶前面，先是拼命地吃，恨不得吃上一磅，吃的比买的都多，蛋糕一定是选满布糖浆的那种，大概是怕吃的日子不多了。这一点，显得我这中国女人"恬淡"多了。

年轻的妈妈们，把孩子放在推车里，慢慢儿推着逛。这是孩子们最快乐的时刻，我就尽量欣赏那些可爱的洋娃娃，他们都会对你又笑又摆手。有的粗心妈妈，把一大盒冰淇淋塞在孩子大腿边，幼小的孩子都被冻得哭起来。有的大喊"我要结冰啰"，大家听了都大笑。

去超级市场之外，到邮局寄信也是一乐也。小镇邮局服务人员态度和蔼，我每周都去，已很熟了。我寄的信件，买的邮票邮简又多，一声嗨、一声谢谢，仿佛我是他们的大主顾呢！相当过瘾。中国人比较重视写信、寄书，美国人比较懒，也不重视文化，看我寄书用寄信的邮资，都再三劝我改用第四等印刷寄，节省多了。

有时周六他要去公司值班，反正开自己车，我就跟了去，难得出去散散心嘛。他办公室在世界贸易中心大楼，他上去，我先在楼下逛。大楼为了便利观光客，在周六都不关门，我先在书店看两本儿童书，再看电视里介绍的新书，然后去逛文具礼品店，各种小玩意都很贵，只能看看赏心悦目。各类的卡片尤其令人爱不释手，熊宝宝、猪、狗、小鸡、婴儿，每一张都是最好的设计，里面的题字，都充满感情，代你写出心里的话。一张张永远看不厌，也是一份大享受。

逛到相当时间，上楼到他办公室，喝一杯热咖啡，看报写作，一会儿就该打道回府了。

他开车技术已愈来愈进步，从那儿回家，约莫从桃园到台北的车程。我是个最爱坐车的人，坐在技术高明的"司机"边上，四平八稳，非常过瘾。

回到家，并不是"万家灯火闹黄昏"的时候，而是下午两点多。取出冰冻库里预先包好的饺子，煮来吃了，他就可以享受难得"手倦抛书午梦长"的清福了。

我呢！快去邮筒取信与报纸，一定又有远方好友的信，在静静地等着我了！

这，就是我客居中的快乐周末。

我没有绿拇指

我没有绿拇指，任何绿油油、活泼泼的花草，被我捧回家来，起先旺盛一段时期，渐渐地叶子一片片转黄，终至完全枯萎了。我真不明白是什么原因，曾经为此请教好多位种花经验丰富的朋友，她们都说我全副精神都给了小猫，因而忽略了对花木的照顾。其实这是天大的冤枉。我对于动植物，一视同仁。照顾得不好，只能说经验不够，绝不是偏心。说实在话，我对于花木比对小猫还周到，也许太紧张点，花木也受不了，就跟我"拜拜"了。比如说，去年在一位住郊区的朋友家，看到他们阳台上一盆似羊齿类不知名的兰草，实在可爱，他次日就亲自把它带来送我，说分给我一半绿意。并告诉我此草移自山阴潮湿之处，不宜使太阳直射，须置放通风而有阳光的地方，每隔三五日洒点水就行了。我把它摆在客厅一张最通风的长桌上，浇的水都是头天接在杯子里，以免有消毒的氯气味。每天必用潮湿的布轻轻抹去叶上灰尘。遇到阴雨天，捧到阳台接受天然雨水，太阳一出来，赶紧捧进屋子，如此者数月，居然叶子欣欣向荣，绿意盎然。它的原主人来看了大为高兴，夸我好会养花。谁知言犹在耳，兰草开始无精打采起来。起先是一两片叶子的尖端焦黄了，渐渐地每片叶子出现黑斑，然后一片片萎缩了，就像晒干的柴棍似的。我怀疑是水浇少了，就每天加水，谁知愈加黑斑愈多。打电话问那位朋友，他说可能是水加多了。我问他究竟几天加一次，每次加多少呢？他笑笑说："你别那么紧张好不好，哪有那么科学化？我自己究竟浇多少水也没数。想到时就加点，有时就让它渴半个月。你别理它，自然就会活过来的，植物也跟人们一样的会撒娇。"我听他的话，暂时不理它，由它在阳台上日晒夜露，风吹雨打的，可是看了心里好不忍。不到半个月，这盆兰草就此归了道山。我为此怅惘了好几天，又深感对不起朋友。电话向他告罪，他云淡风轻地说："枯了就扔掉，我以后再送你一盆。"我谢谢他，再也不敢要了。

屋子里没有一丝天然绿意总是不够精神。曾有一位朋友笑我到处摆的是没有生命的缎带花、绒线花、纸花、塑胶花，实在不够"书卷气"。我有点不服气，就在一个花铺里买回一根小小的木柱（像一段木头，只需将一端浸在浅水中，就会发芽，据说名叫铁树）。我守着它今天看，明天看，竟是毫无动静。去问花店，老板娘告诉我要用一块湿棉花，按在木头的顶上，我照做了，不到一周，边上爆出一粒像绿豆的嫩芽来，我好高兴。几天后，另一边又爆出一粒，我就隔三五天在棉花上滴点水，两边的芽发得非常平均，渐渐地长出四片碧绿的嫩叶子，对称地左右垂下，看去就像个好乖、好乖的扎着两条辫子的小丫头，我对自己说，这下我也有绿拇指了，这是我自己培植起来的四片叶子。我好得意望着它们长呀长的，有一天，忽然发现其中一片叶子软软的一点精神没有。这一惊非同小可，仔细一看，原来叶根与树皮连接之处已经烂了，一摸树皮也松松软软地脱离了木头，我急得真要哭出来，外子怪我水滴多了，或是阳光不足。不知是什么原因，只有自怨自艾。眼看如此可爱乖巧的小丫头夭折了，怎叫人不伤心。谁说我只爱小猫小狗，不爱花木呢。可是花木就是不爱我，不肯为我兴旺，不肯与我通情愫。一位朋友的文章里说，要把草木当作家里的一分子，要对着它们说话，对着它们唱歌："小小的丝瓜呀，往上爬呀！"我也是把草木当作家里的一分子，所不同的只是没像她轻松地对它们唱歌，我总是好紧张地望着它们，生怕它们太干、太湿，晒不到太阳，或阳光太强了。恨不得一下子把它拉大，就像从前抚养唯一的宝贝儿子似的，看钟点喂奶，看"育儿法"定分量，他反而三天两头发烧泻肚子。后来经多子多孙的母亲们告诉我："若要小儿安，须耐几分饥与寒。"可是真让他饥寒了，心里又何忍？总之左不是、右不是。一句话，都是由于不能一任自然，处之坦然。莳花种菜与养儿育女都是一样，求好之心太切，反成揠苗助长了。

再说琴几花瓶里的几枝猫柳，原是我农历除夕下午，在东门花摊上买来的最后剩货，当时配上两朵红玫瑰、一朵白菊花，随随便便地插在大理石小花瓶里，总以为过了年初五就该扔掉了。初五以后，玫瑰花瓣一片片飘落了，菊花也谢了，我索性换上两朵紫菊花，而猫柳的银色小蓓蕾，却愈长愈闪亮肥硕，一颗颗好乖巧地匍匐在枝条上。真的就像一只只蜷伏的小睡猫。我抽出枝条一看，下端居然长出丝丝细须，尖顶还爆出绿芽。真叫我喜出望外，立刻又加意爱护起来。听人说茶卤子可以养木本花枝，于是每隔数日，滴几滴茶卤，谁知蓓蕾马上就掉下好几粒，我知道自己又在折腾它了，及时停止"施肥"，只在记起来时加点水，直到现在已经端午节了，整整五个月，猫柳依然无恙。银色毛茸茸的小猫仍然乖乖地匍匐着，谁能相信如此柔弱的枝条，竟有这样顽强的生命力，不能不令人叹服。但如果我也像照顾那株铁树似的照顾它，也许它早就不胜负荷了。可见人类的紧张心情，确实会感染树木花草，怪不得西方科学家以电子感应器探测树木是否听懂人类的语言，答案是正面的。记得童年时读一篇古文，叙述京兆一家五兄弟议论分家，财产平均分配以后打算将庭前的大树锯为五段平分，次日树叶顿时枯谢，兄弟大大地感动，抱树痛哭，从此同心一德，永不分离，树马上又活了。如此看来，"草木热情"是人类不公平的怨望之词，"花解语"并非文人的渲染，花真的能解语，树木真能与人类共哀乐，应该不是迷信吧。

记得斯坦贝克有一篇题名《菊花》的短篇小说，描写那个少妇爱菊花的狂热，到了如醉如痴的地步。她眼看一个过路客人把她托付携带辛苦栽培的菊芽扔在路旁，简直伤心欲绝。作者所要表现的是少妇的孤傲与寂寞感，爱菊只是象征，我恨不得要劝她"惜花须自爱，休只为花疼"。我们爱花木是一分悠闲的情趣，懂不懂园艺也无关紧要，自己培养不来花木，就到友人家或乡间去赏花看树。我寓所对面邻居，阳台上摆了不少花盆，远远望去，似乎也有抽新芽新枝的，也有凋谢的，倒是三楼阳台男主人种的九重葛，红得好娇，迎风招展，人人可得饱餐秀色，如此想来，没有绿拇指也就不必懊悔了。

记起前年从美国带回一小瓶养花的"营养露"，牌子名字就叫作"绿拇指"（Green Thumb），是偶然在一处超级市场买的，自己既不会种花，就把它送给一位爱种花的好友。她乡间有三间简朴平房，四围花木扶疏。她在都市住腻了，就下乡去闻几天花草树木的清香，昨天她回来后打电话告诉我，为我带来几枝白绣球花，开得好漂亮，而且会变色，由浅紫转浅绿再转纯白。我立刻说："你真有绿拇指。"她笑笑说："哪里是我的绿拇指，是它天然生长的；若着意栽种，还种不得那么好呢。它开得真茂盛、真美，可见大自然才有绿拇指呢。"

一点不错，大自然的雨露阳光，才是真正的"绿拇指"，我们还是回归自然，接受大自然绿拇指的照拂吧。

狗逢知己

我心中一直想有一只可爱的狗，可是由于客观环境不许可，这只狗一直还没有来临。

最近，我开始去附近一座大学校园里做晨操。一进门就看见一只矮矮胖胖的狗，对着每个进出的人傻傻愣愣地望，人们却没一个理它的。我立刻上前和它招呼："狗狗，你早，你好乖哦！"然后伸手摸它的额角，它的下巴。它竟举起前脚和我握手。那一对憨厚的眼神，立刻给我以莫逆于心的感觉。

我走到树荫深处做早操，它不时跑来，在我身边绕一圈，又回到门口，并没有忘记看门的职责。我回家时，再和它握手道别。

对于晨操，我一向无恒心，但为了那只新认识的狗友，我竟然风雨无阻地每天都要去那校园。每天它都以同样温驯的神情欢迎我。日前，天空飘着丝丝细雨，我还是打着伞去了。校园中人很少，狗懒洋洋地坐在门口，见到我，一跃而起，像见到亲人似的那么兴奋。我拣了块比较干燥的地方，温习我的太极拳。它就在我身边坐下来，耐心地看我缓慢的动作。最有趣的是它的头竟随着我的手上下左右地摆动，是那么的专心致志。我陡然觉得自己的架势和姿势都美妙起来。因为在此纷纷扰扰、匆匆忙忙的尘世，我能在此幽静校园的一角，对着苍松翠柏，享受片刻清新之外，还能有如此一只"慧眼识英雄"的狗，默默地观赏我，焉得不欣然引为知己呢？

晨操完毕，和它握手告别时，它却依依地一直跟随着我，忽前忽后，忽快忽慢，不时转过头来看我，那神情是打算护送我回家的样子。我不禁心想，如果真跟我到家的话，我就收留它吧。看它脖子上并没有套圈圈，也许根本是一只无家可归的狗，由学校工友暂时收留的吧！

一路上，我招呼着它："慢慢跑，小心啊！"看去俨然是我自己的狗。心里有一分说不出的得意："看，我也有一只狗了。"它跟我到门口，我开了门，它一跃而入，在台阶上坐下来等我开第二道门，这一下我犹疑了。我真能收留它吗？能让它浑身湿漉漉地登堂入室吗？一面临现实问题，我仍不能不考虑。如果收留它，往后就得负起照顾的责任，为它洗澡、买鱼肉、煮饭，我这般忙乱，能有这时间吗？我外出时，它不会寂寞吗？如此地左思右想，我终于没有请它进屋子，只找了几片卤肉喂它，摸摸它的头抱歉地说："狗狗，你还是回到校园去吧，那儿比较自由，每天早上，我们都可见面。"它好像听懂了我的话，低头走出大门。我倚在门边目送它在微雨中渐渐跑远了，心中感到无限的歉疚与怅惘。与它相逢多次，相守多时，它对我如此友善和信赖，我却不能养它。它怎么知道自私的人类考虑之多？当我关上大门时，它是否感到失望呢？

171

第二天，我特别热切地去校园，主要是为看它。它仍然在门口送往迎来，见了我，仍然亲热地跑来和我握手，丝毫也没有对我不高兴的神情。我欣慰地想，狗究竟比人单纯得多，它可能只记得我喂它卤肉而不计较我没让它进客厅吧。也许它受到人间的炎凉冷落已太多而习以为常。我对它原没有照顾的责任，但由于头一天它的善意相送，我内心总觉欠了它一份情意，就想无妨每天让它送我回家，给它喝点牛奶，吃几片肉，再放它回来，不也很好吗？我边想边做早操，它仍和往日一样，守在我身边。可是当我回家时，走到校门口，它就停住不再跟了。我再怎么呼唤它，它都驻足不前。好聪明的狗！它居然记得前一天的事，知道我不能长久收留它，就非常有分寸地不再送了。能说卑微的动物没有"心眼儿"吗？

　　一路回家，我心中怅然若失。我究竟还是不能有一只心爱的狗，它不是属于我的。外子看我无情无绪的样子，笑着劝我说："你只要爱狗，每天享受一下和它谈心之乐就行了，何必一定要占为己有呢？"与狗无缘的他又加了一句："何况见人就跟的狗，绝非名种。"我说："何必名种呢？养尊处优的名种狗，反倒自视不凡，拒人于千里之外。哪有历尽沧桑的狗重视人们对它的情义呢？"

　　倒是他说的每天可以享受与狗"谈心之乐"这句话，使我抱歉之心稍得释然。我转念想，它已幸得避风雨之处，又有海阔天空的校园，供它自由奔跑嬉乐，岂不比关在大门内，踢天踏地忍受主人外出时的寂寞好得多。它既已对我另眼相看，我们能每天见面，"握手言欢"就很好，何必非要它守在家中，才是我最最心爱的狗呢？

我至今也不知它叫什么名字，只要喊一声"狗狗"，它就飞奔而至。它是如此心安理得地做一只狗，与它坦诚地交往，倒真有"狗逢知己"之感呢。

写了《狗逢知己》的短文，稿子寄出才两天，再去校园时，就没看见它来迎接我。一问工友，说已被清洁处抓走，多半处死了。我好难过，好后悔没有收养它，和它竟只短短一个月的缘分，为什么人世间总是这般无奈？

整整一天，我什么事也做不下去，一直在想着那只可怜的狗。我先生说："世间多少无家可归的苦难者，你都没看见，即使看见了，你救得了吗？"我越加难过了。

有时想想，人实在应当冷酷点，免得自寻烦恼，我不敢再养猫狗，也是如此，但就连偶然遇见的一只狗，也要有这么悲惨的下场，让人伤心。

小记：此文刊出后，有一位好心的读者来信，建议我到三张犁一个野猫野狗的暂时收容场所去找找看。也许还可以认回我那只"知己的狗"。即使找不回来，也可另外抱回一只猫或狗。但我没有去，因为我没有勇气面对那么多嗷嗷待哺、无家可归的猫狗。当它们一只只伸长脖子向我哀哀求乞"收留我吧"的时候，我哪有广厦千万间使得天下猫狗尽欢颜呢？

雪中小猫

雪积了一尺多高，细鹅毛还在空中飞舞。我披了厚大衣，戴上绒帽走出去，沿着旁人踩过的脚印，一步步向前蹒跚。半个身子没在雪沟中，一片无边无际的白。一只大黑狗，从邻家蹦跳出来，随着小主人在雪中打滚，身上、鼻子上、额头上全是雪。"黑狗身上白、白狗身上肿"，真好可爱。我拍拍它，摸摸它下巴，它向我摇摇尾巴。我忽然想起自己的"黑美人"凯蒂，如果我把它带来，它一定只能坐在窗台上，隔着玻璃向外望，因为它胆子好小。可是隔着千山万水，我怎能把它带来？现在，我也不必再挂念它了，因为它已经走了，离开这个世界，离开我。

雪地里站着一个中年美国妇人，怀里抱着一只胖圆圆的三色小猫，像有磁石吸引似的，我迈向前去，微笑地问她：

"我可以摸摸它吗？"

"当然可以，你要抱一下吗？它对谁都友善极了。"

我把它抱过来，搂着它，亲它，一对绿眼睛多情地望着我，伸出舌头舔我的手背。它真是好亲昵，如果我也能天天抱着它该多好，我不禁喊了它一声凯蒂。

"它不叫凯蒂，它的名字是 Playful。"

"噢，Playful。"我当然知道它的名字不叫凯蒂。

它的主人絮絮地告诉我它的聪明伶俐，讨人欢心。它原来是一只小小的野猫，被她收留了。现在，有它陪着，日子过得好丰富、好温暖。

我也曾有一只小花猫，忽然来到窗外，把鼻子贴在玻璃上，向我痴望。我抱它进屋来，喂它牛奶、蛋糕。像凯蒂一样，它坐在书桌上静静地陪我看书。晚上睡在我肩膀旁边，鼻子凉凉的，时常碰到我的脸。可是它只陪了我三天三夜，却忽然不见了。每个清晨和傍晚，在风中，在雨中，我出去找它。千呼万唤……我唤它凯蒂，因为它就是我的凯蒂，可是它没有回来，就此倏然而逝。邻居告诉我，野猫野狗到冬天都会被卫生局带走，如无人收养，就打针让它们安眠，免得大风雪天它们在外飘零受冻挨饿。我看看怀中的猫，但愿它就是那只小花猫，已经找到了温暖的家，可是它不是的。那只小花猫到哪儿去了呢？它没有在雪中流浪，难道它已经被带走了吗？儿子来信告诉我，凯蒂自从我走后，不吃饭，不跳不跑，只是病恹恹地睡，饿了几个月，它就静悄悄地去了。它去的日子，正是这只小花猫来陪伴我的日子，那么它是凯蒂的化身吗？它是特地来向我告别的吗？

美国妇人还在跟我说她的小猫。我想告诉她，我也有过这样一只可爱的猫，可惜已经不在了。但我没有说，还是不说的好。

每当深夜醒来，凯蒂总像睡在我身边。白天我坐在书桌前，它照片里一对神采奕奕的眼睛一直在望着我，凯蒂何曾离我而去？

我把小猫还给主人，她向我摆摆手走了。小猫从她肩上翘起头来看我，片刻偎依，便似曾相识。我又在心里低低地喊它：

"凯蒂，我好想你啊。"

海明威有一篇小说《雨中小猫》。那个美国少妇到了陌生的意大利，没有人和她说话，没有人懂得她的心意，连丈夫也只顾看书，头都不抬一下。她寂寞地靠在阳台上看雨景，看到雨中一只彷徨无主的小猫。她忽然觉得自己想要一只小猫，她就去追它，一边喃喃地说："我要一只小猫，我就是要一只小猫。"海明威真是懂得寂寞滋味的人。

好几年前，我卧病住医院时，深夜就时常有一只猫来窗外哀鸣，它一定是前面的病人照顾过的，但他不能带它走，于是我也照顾了它一段日子。我出院后，它一定依旧守在窗边，等第三个爱顾它的人。

儿童电视节目里罗杰先生抱着猫唱歌，我记下几句：

Just for once I'm alone.

Just we two, nobody else,

But you and me,

You are the only one with me,

But you and me.

我低低地哼着，哼着，我好想要一只小猫。

图书在版编目（CIP）数据

桂花雨：琦君散文精选 / 琦君著. -- 武汉：长江
文艺出版社，2020.1（2022.7 重印）
ISBN 978-7-5702-1402-0

Ⅰ. ①桂… Ⅱ. ①琦… Ⅲ. ①散文集－中国－当代
Ⅳ. ①I267

中国版本图书馆 CIP 数据核字（2019）第 260588 号

责任编辑：张远林   责任校对：毛季慧
封面设计：天行云翼 ·宋晓亮   责任印制：邱 莉 杨 帆

出版：长江出版传媒 长江文艺出版社
地址：武汉市雄楚大街 268 号   邮编：430070
发行：长江文艺出版社
http://www.cjlap.com
印刷：湖北画中画印刷有限公司

开本：640 毫米×970 毫米   1/16   印张：11.5   插页：1 页
版次：2020 年 1 月第 1 版   2022 年 7 月第 6 次印刷
字数：118 千字

定价：25.00 元